D0340413

Los invitados

Colección Autores Españoles
e Hispanoamericanos

Alfonso Grosso

Los invitados

Novela

Finalista
Premio Editorial Planeta
1978

Planeta

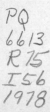

© Alfonso Grosso, 1978
Editorial Planeta, S. A., Córcega, 273- 277, Barcelona-8 (España)

Diseño colección, sobrecubierta y foto de Hans Romberg (realización de Gutiérrez Chacón)

Primera edición: noviembre de 1978 (50.000 ejemplares)
Segunda edición: diciembre de 1978 (25.000 ejemplares)
Tercera edición: diciembre de 1978 (15.000 ejemplares)

Depósito Legal: B. 43.390-1978

ISBN 84-320-5383-X

Printed in Spain - Impreso en España

Gráficas Román, S. A. - Casa Oliva, 82-88 - Barcelona-20

Quiero expresar desde estas líneas mi gratitud a W. S. y J. M. T., de Londres, pertenecientes a la Policía Metropolitana; así como también, muy especialmente, a R. G. H. y L. T. V., vecinos de Paradas, que gentilmente me proporcionaron una valiosa y confidencial información que, posteriormente, hizo posible mis investigaciones in situ en Gran Bretaña, Francia y Marruecos. Por último, no quiero dejar de consignar mi reconocimiento a la Alcaldía de Paradas, que puso a mi disposición un inestimable dossier, a la Comandancia de Puesto de la Guardia Civil de la villa, y a tantas otras personas, consultadas y encuestadas a lo largo de meses, sin cuya desinteresada colaboración hubiera sido imposible la redacción del texto.

LOS INVITADOS es, fundamentalmente, una obra de imaginación pese a que sus principales personajes hayan protagonizado realmente unas vidas —que segara el infortunio—, como reales son los toponímicos y todas y cada una de las coordenadas geográficas en las que he situado la acción, los cuales pueden resultar quizá exhaustivos documentalmente, pero imprescindibles si nos atenemos fielmente a los hechos.

El señalar que se trata de una obra de ficción es porque, es obvio, no se les puede hacer preguntas a los muertos, y la clave del caso policial El cortijo «Los Galindos» —*que continúa abierto a pesar de los años transcurridos*— *está precisamente en ellos.*

El texto de LOS INVITADOS *no es, pues, más que una aproximación a la verdad, o tal vez la verdad misma, quién sabe, a partir de un sueño. Conviene recordar, a propósito, una frase de Oscar Wilde:* Soñador es todo aquel que busca un camino a la luz de la luna y, en castigo, ve la aurora antes que los demás hombres, *y también otra en la que viene a decir Platón:* Si la realidad no se ajusta a mis presupuestos, tanto peor para la realidad.

A. G.

> La muerte es eso que sólo suele
> suceder a los demás.
>
> PAUL VALÉRY

EL 22 DE JULIO DE 1975, sobre las cuatro y media de la
tarde, el bracero eventual Antonio Fenet, de treinta y
cinco años, tras dar por terminada su solitaria jornada
en el tajo de un haza olivarera, encendió un cigarrillo
y se encaminó parsimoniosamente al caserío de la hacienda. La temperatura al sol era de 49 grados centígrados, el aire encalmado se tornasolaba sobre los
barbechos y las chicharras ponían un contrapunto al
silencio intacto del latifundio. Antonio Fenet tardó un
cuarto de hora en alcanzar el lindero de uno de los
siete bermejales del cortijo sembrado de girasoles, y no
fue hasta entonces cuando descubrió el humo espeso y
rojo que se elevaba sobre el cobertizo de la empacadora
situado entre el muelle de carga y descarga y la gran
báscula. Apretando el paso, y tras dejar a su derecha
el edificio que comprende la vivienda de temporada
de los propietarios absentistas, la cuadra, la casa de
máquinas, el garaje, el patio y la guardería extrañamen-
te desiertos, alcanzó por fin el lugar del incendio que
empezaba a tomar unas proporciones inexplicables en
tan corto espacio de tiempo. Lo que llamó desde el
primer momento la atención de Antonio Fenet fue un

7

áspero olor a gasoil (lo que instintivamente le advertía que el incendio había sido provocado) e, instantes más tarde —o quizá se trataba de una corazonada que pronto habría desgraciadamente de confirmar— otro olor más trágico : un pegajoso e inconfundible olor a sangre.

De otras hazas agrícolas, corriendo en mitad de las *tierras de verano*, la silueta de un grupo de peones de temporada se recortaba ya en los imprecisos límites de la labrantía. Antonio Fenet se sintió reconfortado con la presencia de sus compañeros, lo que no le impediría sin embargo continuar inmóvil, como petrificado, con un nudo en la garganta. Horas más tarde, durante el atestado, declararía en la Comandancia de puesto de la Guardia Civil que en aquel momento había venteado la Muerte.

A las cinco y cuarto por el reloj de la torre de la antigua colegiata de San Eutropio, Antonio Fenet y Antonio Escobar, camaradas de gamellas y besanas, afanes y trabajos, temblando como azogados, alcanzaron el dintel en penumbra del puesto de la Guardia Civil de la villa de Paradas. El centinela de plantón dio primero la voz reglamentaria y autorizó luego a los hombres la entrada en la casa-cuartel en el momento mismo en que el cabo comandante, abrochándose las trinchas, cruzaba el zaguán y salía a recibirles para hacerlos pasar a su despacho.

Hubieron de transcurrir un par de tensos y angustiosos minutos antes que ninguno de los dos lograra articular palabra. Finalmente, balbucearían que un almiar de paja estaba ardiendo en el cobertizo de la empacadora del cortijo «Los Galindos» y que un río de sangre cruzaba el patio del caserío e iba a perderse en el interior de la vivienda del capataz.

El cabo comandante, fiel a la tradición del Cuerpo, no hizo ningún comentario, tomó del armero un subfusil, se colgó al hombro la cartera de las primeras diligencias donde introdujo tres pavonados peines de nueve milímetros de calibre y, llamando a uno de sus hombres, le ordenó cargar su mauser e introducir un cartucho en la recámara. Luego, al salir del cuartel, abrió la marcha de los paisanos —cuya retaguardia cubría ya su subordinado— para dirigirse al Land Rover de servicio aparcado junto al bordillo de la acera, frente a la Comandancia, a la sombra de los naranjos, pulsar el contacto y, tras atravesar el pueblo, enfilar el Norte geográfico por el camino de la estación y, llegando al primer cruce, desviarse a la izquierda y seguir la carretera comarcal 218.

Cuando el Land Rover matrícula PGC 63456, tras cruzar el camino de albero batido de entrada a la hacienda, se detuvo a la izquierda del caserío y a la derecha del muelle de carga y descarga, frente al cobertizo tachado de planchas onduladas de polietileno color verde botella, el fuego del almiar había sido ya en parte sofocado con bielgos, rastrillos y azadones por los braceros de temporada. El gasoil, con el que la paja habría

9

sido posiblemente rociada, y la ligera brisa que corría del Poniente —marejada y marejadilla en el Estrecho— impedía su definitiva extinción, por lo que el cabo comandante ordenó cavar una zanja contrafuego antes de encaminar prudentemente sus pasos, con el subfusil amartillado —tras indicar a su pareja que lo cubriera— al patio de la finca para seguir el rastro ya casi seco de sangre que iba a perderse en el interior de la guardería. Inesperadamente, al abrir la puerta de la vivienda que tuvo antes que forzar haciendo presión con el hombro, un perro sin raza, blanco y negro, de ojos asustados y melancólicos, escapó ladrando entre sus botas para cruzar el arco de entrada y perderse aullando en la terronera polvorienta de la labrantía.

Ojo avizor, precedido por el número que se terció el mauser en banderola y desenfundó su pistola reglamentaria para cubrir la posible retirada de su jefe, el cabo comandante encendió la luz, cruzó primero el pasillo —tras inspeccionar, a su izquierda, el despacho del capataz— y, más tarde, el comedor, siguiendo la pista del reguero que se perdía ahora bajo la puerta de la alcoba matrimonial inexplicablemente cerrada por fuera con un candado que el cabo comandante, desenfundado también su nueve largo, hizo saltar de un disparo.

En la alcoba, sobre una de las dos camas gemelas de hierro con penacho de níquel, yacía el cadáver de Juana Martín Macías, esposa del capataz, Manuel Zapata Villanueva, con la cara destrozada y el cráneo aplastado, en un charco de sangre que no había logrado empapar el colchón de lana merina. El cabo apretó los dientes en un justiciero gesto de furia y piedad, dejó paso a su subordinado para que contemplara la escena y, tras quitarse ambos mecánicamente, en un movimiento reflejo, los tricornios, encajando de nuevo la puerta salieron al patio para dirigirse al cobertizo donde el fuego aún no había logrado ser vencido definitivamente. Las agujas del reloj de pulsera del cabo comandante señalaban las siete y cinco de la tarde.

—Al advertir el fuego y regresar de la besana, ¿no encontrasteis a nadie en el caserío?

—A nadie, cabo —respondió Antonio Fenet.

—Os pregunto también a vosotros. Y a ti, Escobar.

—A nadie.

—Un desierto.

—Ni los pájaros. El cobertizo ardiendo y el Fenet dando voces.

—¿Cuántos individuos faltan, aparte de Zapata?

—José González, el tractorista. Su coche es ese Seiscientos aparcado en el ribazo. También falta Ramón.

—¿Qué Ramón?

—Parrilla. El capataz le ordenó esta mañana arar el olivar de la linde. Bien pudiera encontrarse todavía allí, en la cerca del camino de los Tunantes.

—¿Es normal realizar ese trabajo en pleno mes de julio?

—No, que no lo es. Suele hacerse a finales de agosto, como tampoco lo es que yo trabaje en el desvarete.

Nunca me retiro de los alrededores del caserío, por si hay que ir al pueblo a algún recado; pero Zapata me ordenó acuchillar olivos al otro lado de los cerros.

El cabo comandante, la camisa reglamentaria del uniforme de verano empapada de sudor, encasquetado el tricornio, en posición de servicio el barbuquejo, tras enfundar la pistola *Star* y poner el seguro al subfusil, hizo un aparte con su pareja para hacerle partícipe de sus temores y de las diligencias que pensaba tomar. Luego ordenó imperativamente a Escobar y a Fenet que subieran cada uno a sus ciclomotores y marcharan juntos a dar aviso al juez de paz, al forense y a la casacuartel para que enviaran refuerzos y comunicaran el suceso a Marchena, al teniente de línea. Les advirtió también que, al llegar al pueblo, no dijeran a nadie una sola palabra, que en ningún momento se separaran el uno del otro y que, una vez cumplidos los encargos, regresaran sin demora a «Los Galindos».

—No pierdas de vista a ninguno mientras apagan el fuego. Voy a echar un vistazo al automóvil —advirtió después en voz baja a su subordinado antes de dirigirse al Seiscientos color crema, matrícula SE 133 297, de José González Jiménez.

Con los últimos rescoldos humeantes de fuego en el almiar, dos cuerpos humanos reducidos al tamaño de dos pequeños muñecos, uno sin cabeza y el otro con sólo el tronco —desde la altura del corazón a la pelvis— aparecieron entre las pavesas al removerse las

12

cenizas aún calientes. La escopeta de caza —calibre diez y seis— del capataz, Manuel Zapata Villanueva, fue hallada, partida en dos, en el asiento posterior del coche de José González Jiménez. Dos horas más tarde —casi anochecido— a la entrada del camino de Rodales era descubierto el cuerpo sin vida de Ramón Parrilla, oculto por un montón de paja, con el pecho acribillado por los perdigones de un tiro disparado inequívocamente a boca de jarro.

Cuatro crímenes, pues, perpetrados contra tres hombres —se creyó entonces— y una mujer, de no averiguarse por las autopsias practicadas de madrugada que uno de los cadáveres incinerados era el de Asunción Peralta Montero, esposa del tractorista José González Jiménez que, inexplicablemente, se encontraba a la hora de los crímenes en el cortijo y a la que, según sus padres y Carmen Montero —pariente lejana de la víctima—, había ido a buscar su marido al pueblo a las tres y cuarto de la tarde.

Frente a estos aún escasos datos, el asesino no podría ser otro que Manuel Zapata Villanueva —contra el que se dictó orden de busca y captura— de no haberle descubierto su perra tres días más tarde (lo que no fueron capaces de conseguir los hombres, pese al rastreo a que fuera sometida la finca) con el cráneo destrozado, oculto por otro montón de paja, a sólo ocho metros del muro de la fachada oeste del caserío, y que, según el dictamen del forense, fue la primera víctima.

¿Quién o quiénes habían sido entonces los autores

13

del quíntuple asesinato y cuál su móvil? Era necesario partir de cero y de cero se partió encuestando sin resultado —en cuanto todos los interrogados a lo largo de meses pudieron presentar su coartada— desde el administrador de la finca —que se convirtiera en el primer sospechoso al haber estado aquella mañana en el cortijo en un automóvil Mercedes cuyo parabrisas parecía haber recibido un impacto de perdigones— y el propietario de la hacienda, el marqués de Grañina, al último pelentrín de Paradas con antecedentes penales y a todos los mendigos del término municipal, pasando por los braceros eventuales de la finca —a los que se careó una y otra vez— y los peones de temporada que, a lo largo de los años, habían trabajado eventualmente en ella.

Inútil empeño. Nadie pudo ser acusado pese —en algunos casos— a las apariencias de culpabilidad, que de apariencias y rumor popular jamás pasaron. En los primeros días se llegó incluso a acusar a un ahorcado, hallado por Joaquín Hurtado Veredas, colgando de su propio cinturón en la rama de un olivo del Arroyo de la Fuente, pequeña haza del mismo predio agrícola (su necropsia demostraría sin embargo que se trataba de Antonio Ramírez Rodríguez, de sesenta años de edad, de estado viudo, natural de Paradas, que se había suicidado una semana antes de los sucesos y cuya desaparición habían denunciado sus hijas, con las que vivía, la primera noche de su ausencia) y a los hombres que formaba parte de un destacamento de la Legión que había realizado meses antes en tierras de «Los Galindos», previa autorización de su propietario, ejercicios tácticos y topográficos, pero que el día de los crímenes se encontraban de guarnición a mil cuatrocientos kilómetros de distancia, en Smara (interior del Sahara), la ciudad Santa, cuna de Ma El Ainin, descendiente del Sultán Azul.

De las investigaciones y pruebas periciales practicadas durante la elaboración del largo sumario —secreto hasta la fecha— por el juez de paz de Paradas, don Antonio Jiménez, el teniente coronel Cuadri, de la Guardia Civil, el juez comarcal de Marchena, don José Calderón, las plantillas de la Brigada de Investigación Criminal de Sevilla y Madrid respectivamente, el Instituto de Medicina Legal, y el juez de instrucción de Carmona, en funciones del de Marchena, don Víctor Fuente López, pueden deducirse las siguientes conclusiones:

PRIMERA, que ninguna de las cinco víctimas pudo ser asesino de las demás; descartándose por tanto la posibilidad del suicidio del último de los supervivientes, según la versión oficiosa.

SEGUNDA, que la coartada presentada por el administrador de la finca de haber abandonado a las trece horas del martes, 22 de julio, «Los Galindos» —que solía visitar sólo viernes y sábado— y de encontrarse a la hora en que fueran perpetrados los crímenes en otra hacienda de los marqueses de Grañina, «Vercel», término de Utrera, situado a cincuenta kilómetros de distancia, es correcta, a pesar de no haber sabido qué

15

responder cuando se le preguntara en qué había empleado todas y cada una de sus horas el día de autos; respondiendo por él la marquesa de Grañina que recordó haberle encargado la víspera dos pasajes de avión, que fuera a adquirir la tarde de los asesinatos a la terminal de la Compañía Iberia, de Sevilla.

TERCERA, que el propietario del cortijo, marqués de Grañina, se encontraba efectivamente el día 22 de julio, a la hora en que fueran cometidos los crímenes, en Málaga, donde fuera para asistir a una boda o un entierro, desplazándose desde la finca «Majalimar» (Constantina) y que avisado del suceso pasó solo la noche siguiente al día de autos —sin aceptar la protección de la G.C.— en «Los Galindos».

CUARTA, que tras algunas llamadas anónimas, y al menos durante la inspección y rastreo a caballo durante el cual fuera cuidadosamente peinada la totalidad de las tierras de la hacienda, no se encontraron en sus hazas, besanas, cotas, caminos y vaguadas, ninguna plantación de marihuana ni de alguna otra especie de cáñamo índico con propiedades tóxicas o estupefacientes.

QUINTA, que hacia las trece y media hora fue visto entrar efectivamente en la hacienda un automóvil Mercedes, 250, color gris perla, pero que no tenía que ser necesariamente sin embargo el del marqués de Grañina, conducido por su administrador, que había abandonado la finca casi una hora antes.

SEXTA, que el viaje de José González Jiménez a Paradas para recoger a su esposa, Asunción Peralta

Montero, a las tres y cuarto de la tarde, no podía significar más que su presencia, insólita a aquella hora, era imprescindible en «Los Galindos».

SÉPTIMA, que tras el hallazgo de manchas y rastros de sangre junto al portón de acceso al caserío en ruinas del pequeño cortijo denominado «La zapatera», distante ochocientos metros de la linde de «Los Galindos», fueron recogidas varias muestras por especialistas de la B.I.C. y, una vez analizadas, resultaron pertenecer al grupo sanguíneo «A», Rh+, que no se corresponde con el de ninguna de las víctimas.

OCTAVA, que en ningún caso se trata de crímenes pasionales, pese a la posible existencia de una situación triangular cuyos lados estarían formados por Manuel Zapata Villanueva, Juana Martín Macías y Asunción Peralta Montero.

Y NOVENA, que la clave de los cinco crímenes no tenía que encontrarse necesariamente en Paradas, aunque Paradas y el cortijo «Los Galindos» fueran, naturalmente, los puntos de partida de una nueva investigación que habría de partir también de cero.

Tarde o temprano, alguien tendría que decidirse a hablar. Y habló. Comenzó por sugerir vagamente la posible relación de los crímenes con la llegada de algunos extranjeros a Paradas. Días más tarde haría ya referencia concreta a unos ingleses que en distintas ocasiones habían visitado «Los Galindos».

Una inglesa algo extravagante

¡Querida tarde de embriaguez; bendita velada!
Aunque sólo fuese por la máscara que nos has
otorgado. Te confiamos: ¡Oh método! No olvidaremos
que nos has glorificado. Tenemos fe en el veneno.
Sabremos entregarte toda nuestra vida, todos los días.
¡Ha llegado el tiempo de los *Asesinos*!

ARTHUR RIMBAUD

1

CUANDO Georgina Leighton abandona la ducha son las
nueve y veinticinco minutos de la mañana y un tímido
rayo de sol irisa el cristal de la ventana de su alcoba
soltera que tanto sabe, no obstante, de eróticos esplendores y de voluntarias y melancólicas veladas librescas
de la mano de los más brillantes especialistas en Domé-
nikos Theotokópoulos, sobre el que ella misma ha escrito mediocres ensayos inexplicablemente publicados por
W. H. Allen, una de las más polémicas editoriales del
Reino Unido.

Tras desprenderse del inmaculado albornoz de felpa
y quedar unos instantes desnuda frente al azogue de un
soberbio espejo veneciano, una de las contadas piezas
nobles de su apartamento de Pawtman Cawers, Georgina Leighton se enfunda en una bata de *cachemire*
y descorre con los dedos trémulos, que tanto saben
también de caricias, las cinergéticas cortinas de cretona
donde zorros, lebreles, caballos y caballeros se con-
funden en una cromática orgía de verdes, rojos, cremas
y azules prusia. Luego, Georgina Leighton enciende un

cigarrillo Rothmans y contempla distraídamente el familiar paisaje de Mayfair y Westminster, los distritos londinenses que tan difícilmente soporta; aunque, al fin y al cabo, se dice, Westminster fuera el *barrio* de su infancia y de su primera adolescencia y, en definitiva, porque a los veinticinco años, tras haber vivido nueve inolvidables primaveras en Chelsea, ni sus calles preferidas son ya las que fueran, un fascinante mundo inequívocamente indicativo de que *algo olía distinto en Inglaterra* (¡oh días en que a Mary Quant, la creadora de la minifalda, le recortaba su marido, Alexander Plunket, el vello púbico en forma de corazón!, ¡oh piezas teatrales de los escritores de la *Generación Airada* estrenadas en el *Royal Court!*) ni ella es tampoco la misma, pese a no haberse planteado aún —en situación límite— el problema de su soledad, aunque la presienta llamar ya a los cristales de su cuarto, y de la que le salva la proximidad urbana de su abuela paterna, impenitenta habitante de su casa victoriana donde Georgina viviera hasta los dieciséis años, y cuya presencia física entre encajes, libros, *petit point*, porcelanas, reposteros y notables copias de Dante Gabriel Rossetti y de John Constable, la puede confirmar a cualquier hora con sólo bajar en el ascensor de su absurdo y, afortunadamente raro en todo el área, edificios de apartamentos, cruzar la calle Montagu y dar diez pasos sobre la acera derecha del *square* que con sus árboles centenarios cierra la perspectiva de su terraza; poco más o menos la misma distancia que la separa de The Worcester Arms, el pequeño *pub* donde toma, cada mediodía que se encuentra en su piso, panzudas jarras de cerveza para pegar la hebra en la negra y laqueada barra y animarse, en intranscendentes charlas, con comerciantes judíos de George Street, mecánicos y artistas del inefable callejoncito de Gloucester Place, chóferes de taxis, ejecutivos y mecanógrafas, que buscan también allí la tantas veces disimulada necesidad de la palabra.

Lo soporta, pero cualquier ocasión es buena para huir no sólo de sí misma, de Mayfair, de Westminster y de Belgravia sino de la totalidad del perímetro del Greater London. Sobre todo cuando sus escapadas pueden ser justificadas *moralmente* como ahora. Así y de manera, pues, que descolgando el teléfono y marcando el 0 1723 5133 espera impaciente que, primero la voz de la doncella y un par de minutos más tarde la de su abuela misma, se desdoble en el auricular, como efectivamente ocurre, para comunicarle que abandona Londres y parte de viaje al Continente.

La genealogía de Georgina Leighton se remonta a 1746, el mismo año en que Carlos Eduardo Estuardo era derrotado en Culladen por el duque de Cumberland. Sin embargo, ni en el siglo XVIII ni en el XIX, miembro alguno de la familia Leighton gozó del menor prestigio ni en las Artes ni en el Parlamento ni en la Cámara Alta, donde estaba representada por un lord, ni siquiera en las cancillerías, limitando sus ambiciones al mundo de las finanzas. Es necesario por tanto hacer constar que pese a ser homónima del barón Federico Leighton, pintor y escultor prerrafaelista nacido en Scarborough, discípulo de E. Steinle, presidente de la Real Academia, autor de románticos lienzos inspirados en la mitología clásica, ningún parentesco les vinculaba, ni siquiera colateralmente, con el artista, y que no fue hasta 1915, en plena guerra europea, cuando el bisabuelo paterno de Georgina fuera nombrado, tras recibir la Orden de la Jarretera, embajador ante la Corte de Alfonso XIII, tras quince años de burocráticos servicios en la India a las órdenes del virrey y tres como representante de su Graciosa Majestad en Montevideo, coincidiendo su mandato con la ampliación de las inversiones británicas en los frigoríficos cárnicos uruguayos.

Para sir Godfrey Leighton, la embajada de Madrid habría de significar muy pronto un cambio radical de su concepción, ya que no del mundo sí de su vida frente a las transformaciones que sufría la sociedad española aún antes de la revolución soviética. «Madrid es —dejaría constancia en su diario— una de las ciudades más vivas de Europa, y su panorama artístico e intelectual, canalizado a través de la Institución Libre de Enseñanza, algo que resulta insólito frente al oscurantismo oficial. De conocerse este renacimiento español, causaría el asombro y la admiración de los europeos.» No hacía, sin embargo, mención ni a los miserables barojianos desmontes de los arrabales, ni a la caótica situación económica de la base social, ni a la cuestión de Marruecos, y sus reflexiones sobre la vida española no dejaban, en ocasiones, de ser peregrinas, ya que la vida del Madrid de aquellos años, pese a su pintoresquismo, contemplado con una retina anglosajona, no era precisamente la de «un mundo feliz».

Pese a su mucho trabajo como diplomático —Madrid era también por entonces el centro neurálgico del espionaje internacional y la madeja de las intrigas de los contendientes se tejía y se destejía en Lhardy, en los salones de los palacios de La Castellana, en el Ritz, en el Palace e incluso en los pasillos de las Cortes— a sir Godfrey Leighton le sobraba al parecer no obstante tiempo para asistir, en un charolado *break*, al paseo de coches del Retiro y a la Parada de los alabarderos del palacio real con sus galones de plata, sus tricornios, sus fraques azules, sus petos rayados y bandas rojas, sus polainas, sus inmaculados calzones cortos, sus alabardas y sus decimonónicas patillas; sin olvidar el Rastro donde adquiriría dos hermosos lienzos del Greco destruidos años más tarde en Londres, durante un bombardeo nocturno alemán. Grecos que, aun sin haberlos conocido, marcarían la vida de su excéntrica biznieta. «Una criatura verdaderamente singular», en opinión de su propia y no menos original abuela.

Tras colgar el teléfono —media sonrisa en la comisura de los labios y un gesto displicente de haber cumplido un requisito previo e ineludible, pese a dar en contadas ocasiones cuenta de sus actos— y después de dejar sorprendida una vez más la curiosa locuacidad de su abuela interesada en pormenores de los que no se sintiera dispuesta a informar, Georgina Leighton comienza a preparar su valija, lo que no le impide, mientras embute en sus perfumadas maletas suéteres, pantalones, faldas, blusas, ropa interior, medias, calcetines, abrigo de entretiempo y toda la sofisticada gama de productos que forman el bagaje de su aseo personal, rememorar su estimulante aunque no precisamente tumultuosa reciente velada de amor con uno de sus eventuales amantes, un joven pianista del restaurante Inigo Jones, de Garrick Street, donde algunas noches de plenilunio (mujer-loba, selenita de breves pero epilépticos orgasmos) acostumbra a cenar sola, al igual que otras ocasiones no menos memorables lo hace en el número cien de Baker Street, un restaurante de la cadena Flanagan's, tan cercano, un par de manzanas, de su apartamento.

Su último compañero de alcoba la abandonó al amanecer sin molestarse en despertarla; tácito acuerdo que ya había sentado jurisprudencia en otros circunstanciales encuentros, en cuanto no les une más que una recíproca simpatía, una cierta atracción, la debilidad de Georgina por la música de jazz, que la obliga a identificarse físicamente con sus intérpretes, y la inevitable familiaridad de haber hecho ya el amor con estimables resultados hasta una docena de veces. Así, pues, no se extrañó en absoluto al despertar de la ausencia de uno de sus más asiduos *boyfriends*. Sin embargo, el hecho de pensar en él no significa en manera alguna que sus últimas intimidades le hayan inspirado ningún tipo de pasión, obedeciendo más bien solamente a una especial recreación fría y calculada, algo que invariablemente le sucede con todos los hombres que pasan con ella la noche, fueran cuales fuesen sus características glandulares y su comportamiento frente a una insaciable tigresa de ojos leonados, rojos cabellos centelleantes, largas y torneadas piernas y nariz griega; una especie de reina Boadicea en definitiva, la que acaudillara la rebelión de los bretones contra los romanos, cuya estatua de bronce, conduciendo una cuádriga y coronada de laureles, se alza frente al Parlamento rodeada de intrépidas amazonas con los desnudos senos enhiestos.

Remembranza por tanto habitual que no la imposibilita para seguir como una hormiga —ella que tanto tiene de veraniega chicharra— colocando cada cosa en su sitio y hallando pacientemente un sitio para cada cosa, por lo que al cabo de veinte escasos minutos las dos espléndidas maletas de Harrods y el *nécessaire* de tafilete rojo adquirido en Peter Jones, la tienda más distinguida de Chelsea, quedan dispuestas para emprender un viaje que, pese en un principio a sus dos cortas programadas semanas de duración, harían pensar mejor en una vuelta al mundo a bordo de un transatlántico de la en un tiempo prestigiosa Cunard Line.

Vestida finalmente con un ajustado pantalón blanco de canutillo de corte vaquero, unos auténticos mocasines indios, una blusa camisera rayada con cuello de piqué y una cazadora de ante, Georgina Leighton, tras desayunar un zumo de pomelo, un par de tostadas untadas con mermelada de naranjas agrias y tres tazas de té Twinings de Ceilán, llama por el interfono para que el portero le baje el equipaje después de asegurarse que lleva en su bolso —bolsa— de estameña azul con un búfalo estampado en ambas caras, las llaves de su automóvil y de su piso, el pasaporte, el billetero con sus tarjetas de crédito, sus cámaras fotográficas y su británico permiso de conducir sin la *represiva, deprimente* y *policiaca* fotografía, baja el ascensor, pulsa el timbre del sótano y se dirige con su elástico paso de galga anglosajona ensimismada a su plaza en el garaje desde el que conduce su coche —un Jaguar azul eléctrico descapotable X-J, 6 litros, matrícula GGT 4434— al cercano tallercito del callejón de Gloucester Place donde le cambiarán el aceite, comprobarán el aire de los neumáticos y el nivel del líquido de los frenos, y le dispondrán por último un nuevo y potente espejo retrovisor con un ángulo de inclinación perfecto, para una mejor visibilidad, sobre la esquina de la ventanilla izquierda —volante a la derecha— lado opuesto al de su confortable butaca. ¡Absurda manía continental de conducir por la derecha!

La adquisición de los dos lienzos del Greco, cuarenta por treinta y seis centímetros de superficie, un Cristo coronado de espinas y el perfil de un orate asilado en el hospital de Toledo, logrados a un precio irrisorio, hasta el punto de poner en duda su autenticidad. «¡Insólito hallazgo!» —escribiría asombrado—

fue para sir Godfrey Leighton primero una sorpresa y, más tarde, una revelación en cuanto le abriría de par en par las puertas de su vocación de coleccionista, en adelante no con tan buena fortuna, de la escuela pictórica española.

El acontecimiento se produjo inesperadamente una de las contadas mañanas de domingo que no marchara a pasar con su familia el día en la sierra de Gredos para terminar invariablemente internándose en los pueblines de la Vera de Plasencia donde solía hallar antiguas jarras de cerámica, platos talaveranos, copas de estaño segovianas y pequeños *sécretaires* de marquetería de madera olorosa que, aunque de inconfundible estilo castellano, tenían un característico sello ultramarino y colonial. Acompañado del consejero militar de su embajada, un galés aficionado a la pintura que había permanecido diez años en Gibraltar y conocía las infinitas posibilidades que le brindaban las nunca hasta entonces catalogadas obras de arte en tierras andaluzas, se empeñó en visitar aquella mañana el Rastro.

Lloviznaba, era primavera y ni uno ni otro tenían esperanzas de que no hubieran sido retirados precipitadamente los tenderetes. El descubrimiento de ambos lienzos resultó, pues, casual, ya que de no haber comenzado a llover y de hallarse el Rastro solitario cualquier otro entendido se les hubiera adelantado, en cuanto ambas obras habían sido adquiridas en pública subasta, a la que nadie concurrió, por un anciano chamarilero incapaz de distinguir un Fra Angélico de un Madrazo.

31

No fue siquiera necesario recurrir durante el ritual de la compra al proverbial chalaneo, indispensable requisito tan característico y sin el cual en los aledaños de la plaza de Cascorro el trato perdía todo su interés, tanto para los potenciales compradores como para el mismo vendedor. De forma que fue fijada una cifra casi al azar veinte veces superior al monte por la que setenta y cuatro horas antes le fueran adjudicadas formando parte del lote de otros lienzos de olvidados academicistas que hicieran las delicias, entre hortensias, maceteros, palmeras enanas y aspidistras, de una generación que sólo treinta años atrás aplaudía al Espartero, leía a Valera y se entusiasmaba por el taimado y mesocrático don Ramón de Campoamor. Cifra que en el acto fue aceptada.

Durante el resto de los años de su estancia en Madrid, sir Godfrey Leighton dedicó toda su británica tozudez a acudir puntualmente una y otra mañana de domingo al mercado madrileño, impertérrito en su búsqueda de otras piezas maestras. Inútil empeño en el que gastó horas y esterlinas adquiriendo por simple instinto todo lo que le parecían perdidos u olvidados originales que no pasaban de ser simples copias sobre los que el tiempo y los humos de braseros y chimeneas habían sobrepuesto una pátina de vejez que enmascaraba su inautenticidad.

Georgina Leighton pulsa suavemente el silencioso contacto del encendido electrónico de su flamante 6 litros y el Jaguar automático, revisado hasta el más ínfimo de sus detalles y *europeizado* con el segundo e imprescindible retrovisor, que mandara fijar en el lateral izquierdo, comienza a deslizarse, perfecta la compresión, agresivo como un puma, sinuoso tal una anaconda, pulimentado como un *milord* por George Street, dejando atrás Pawtman Cawers con sus terrazas sembradas de azaleas amarillas y las verjas victorianas y los cenicientos árboles de Montagu Place para desembocar en Marylebone Road, continuar por Harrow y tomar la Western Avenue Extension, salvando Kensington para alcanzar el suroeste hacia Wood Lane y cruzar por primera vez el Támesis de las tres que ha de volver a hacerlo en el caprichoso serpentear del río por el occidente de la ciudad a la altura de Hammersmith; camino que alarga ciertamente su ruta, pero que le resulta más familiar y con menos densidad de tráfico, para terminar enfilando la M-3 y continuar más tarde por la A-33 que la llevará, pasando por Winchester, la antigua y legendaria capital de Alfredo el Grande, y bordeando Chandler's Ford, al muelle número tres, Princess Alexandra, de Southampton, donde a las seis y media de la tarde levará anclas el *Patricia*, *ferry* de la Swedish Lloyd que realiza regularmente sus singladuras para rendir viaje tras treinta y siete horas de navegación en la estación marítima de Santurce.

Son las dos y veinte minutos de la tarde cuando Georgina Leighton cruza la imaginaria línea divisoria que separa los condados de Surrey y de Hampshire, y, aunque nada ha cambiado sustancialmente en el monótono paisaje de tupidos bosques, de azules lagos revoloteando de ánades y de verdes y suaves colinas —desde la perspectiva del curso de la autopista— donde, de tarde en tarde, la veleta de un campanario o una bandera al viento delata la presencia urbana de un enclave rural, Georgina, una *Alicia* (1) que, pese a sus veinticinco años, continúa desvelando cada día la fantástica vida que fabula *al otro lado del espejo*, se cree transportada mientras conduce a casi cien millas por hora a un lugar tan irreal como inaccesible, que sólo a ella le está permitido visitar y que descubriera en una tarde de ensoñaciones a los diez años de edad durante su breve y angustiosa estancia en el pensionado femenino de Kinross, en la Escocia materna, donde su progenitora había terminado dando de nuevo con sus huesos y su tersa y sonrosada carne de joven divorciada, y en el que tantas veces se refugia cuando quiere huir de sí misma para sentirse tan libre como las alondras que, en bandada, cruzan ahora ante ella para terminar posándose ante el henil de un predio ganadero. Pero a Georgina, en el fondo siempre tan pragmática, la segregación salivar que comienza a humedecer su lengua, su paladar y su garganta, le recuerda inequívocamente que no ha probado bocado desde que desayunara casi cinco horas antes, por lo que, *volviendo a recruzar de nuevo el espejo*, se desvía a la izquierda tras leer el

---

(1) Alicia, la protagonista de *Alicia en el país de las maravillas*, delicioso relato fantástico del escritor inglés Lewis Carroll, ilustrado por el célebre dibujante John Tenniel.

rótulo que señala a quinientas yardas el área de servicio.

Británica hasta la médula, y, por otro lado, en lucha constante con su silueta, Georgina limita sabiamente su yantar sentada ante una mesa celeste del café-bar. Le bastan y le sobran un par de *sandwiches* vegetales, un jugo enlatado de frambuesa y una taza de té sin azúcar, antes de volver a continuar su ruta, al aire sus cabellos, flamígeros cobres perfumados con *L'air du temps*, de Nina Ricci. Tras ella, oculto en el portamaletas, el fantasma de *El caballero de la mano en el pecho*, con su rizada gola española, reta a duelo de ajedrez a la dulce Alicia que recorre de puntillas con su fruncido vestidito de avispero, diseñado por John Tenniel, el parabrisas sobre el que comienza a repiquetear inesperadamente una mansa, isleña y civilizada lluvia de primavera inglesa.

Nick Leighton, comandante piloto de la R.A.F. (ascenso conseguido por méritos de guerra a los veintiséis años a bordo de un Spitfire tras tres derribos, dos M-109 y un D.O.-107, los primeros en Hawkinge y el último en pleno Canal durante la batalla de Inglaterra, lo que le valdría ser también condecorado personalmente por el *fighter command*, teniente general sir Hugh Dowding) contrajo matrimonio a los once meses de terminar la conflagración mundial con miss Carol Kendall, casi diez años más joven, pelirroja belleza que había conocido durante su corta estancia en Newcastle donde se encontrara estacionada la división de caza número trece, uno de cuyos grupos de combate le había sido encomendado, que defendía las ciudades del norte de la 50 Fuerza Aérea alemana que desde Dinamarca y Noruega realizaba periódicamente incursiones nocturnas en Escocia. En realidad ni Nick Leighton, que naciera con vocación de soltero según su propia madre, ni Carol Kendall (cuya desigualdad social con el intrépido piloto era más que evidente escandalosa según opinión propalada por la misma puritana y maternal fuente en los cerrados círculos londinenses y que no justificaba al parecer la solidaridad de una época de *sangre, sudor y lágrimas*) llegaron a entenderse nunca.

Tras su pase a la reserva, Nick Leighton y su esposa fijaron provisionalmente su residencia en Kilmarnock, donde el héroe nacional fue nombrado asesor de la industria aeronáutica civil en una fábrica de reactores. Con el nacimiento de Georgina, su única hija, la relación matrimonial llegó al punto álgido de congelación, por lo que año y medio más tarde obtenían el divorcio, quedando la niña al cuidado de la madre hasta los doce años —tres de los cuales los pasara en el pensionado— y desde los trece a los dieciséis bajo la tutela de su abuela paterna, según acuerdo anteriormente estipulado, tras la trágica muerte en accidente de motocicleta del irreductible Nick, que decidiera un mal día, al cabo de siete años, cambiar el motor Rolls-Royce, Merlin-3, de doce cilindros y diez mil treinta caballos de su Wicker Supermarine Spitfire I.A. por los ocho caballos y medio de una Harley Davison que fuera a estrellarse paradójicamente contra un camión de la R.A.F. en una estrecha carretera de Tyrone (Irlanda del Norte) donde había escapado —siempre también la huida de sí mismo— para pasar unas vacaciones en compañía de una tronada norteamericana del Medio Oeste que perdiera junto a él la vida.

Con respecto a los avatares que desde su divorcio sufriera Carol, si bien resultan menos trágicos no están sin embargo exentos de poder servir de inspiración al entramado de un melodrama latino aunque salpicado en buena parte de inevitables gotas de británico humor, un tanto negro ciertamente. Casada en segundas nupcias con Paul Lyon, naviero de cabotaje, a los tres años de matrimonio su nuevo marido intentó suicidarse al conocer las infidelidades de su esposa cogida *in fraganti* con un apuesto repartidor de leche. Pero su mala fortuna, al haberse colgado para ahorcarse de la jarcia de uno de sus buques —un *self-trimming*— y ser salvado instantes antes de encontrar la muerte por su contramaestre, el apasionado armador quedó paralítico el resto de sus días lo que provocó en Carol tal incomprensible trauma sicológico que, tras su segundo divorcio, resolvió abandonar definitivamente Inglaterra para volverse a casar siete meses más tarde, esta vez con un granjero de las antípodas y con el que llegó a formar, al parecer, una pareja estable en Adelaida (Australia).

La noticia de la muerte de su madre —ya viuda— le fue comunicada a Georgina a los veintidós años. Jun-

37

to al cablegrama notarial que le informaba del óbito, una posdata incluía, junto al *doloroso pésame por tan sensible pérdida*, la grata noticia de haberse convertido en heredera universal de setenta y cinco mil guineas que su progenitora le legaba en su testamento; cifra nada desdeñable pese a los impuestos que se vería obligada a pagar y aun teniendo en cuenta las quince mil libras esterlinas de renta anual heredadas de su abuelo.

Con este bagaje familiar, parte del cual desconocía, pero que se había encargado de hacer en ella patente las inexorables leyes de la genética, la unas veces dulce, otras demoníaca y siempre fantástica Georgina, comenzó a enfrentarse bizarra aunque un tanto depresivamente con la vida, siempre a caballo entre Atila, Caperucita y Alicia; eternamente a horcajadas entre la ternura, la osadía, las veleidades sentimentales, la afición pictórica y su connatural debilidad por las delicias del sexo.

El número diez de Montagu Place —frente al que florecen los arriates sangrientos de los rojos pimetillos del diablo y los diminutos falsos manzanos junto a los que se alzan los vetustos árboles que resistieran milagrosamente el talado de dos contiendas y los incendiarios bombardeos nocturnos, y, también, donde los gorriones, jilgueros y petirrojos corretean en la desierta gravilla pese a la exclusividad del *square* diseñado para el *pis* matinal y vespertino de bulldogs, dálmatas, mastines y domésticos falderos— no es una casa fantasmagórica en el más sentido londinense del vocablo. Ni la victoriana mansión pintada de blanco, con sus azules cornisas, sus techos de pizarra, su ineludible tiro de chimenea, tan acorde con el urbano paisaje que la circunda, exceptuando el bloque color almagra del edificio de apartamentos donde vive Georgina y que incluye hotel, garaje, restaurante, *super market* y floristería que desorganiza toda la hermosa simetría del área de Marble Arch; ni sus farolas, ni sus verjas, ni sus escalinatas, ni sus centelleantes automóviles aparcados en los bordillos de sus aceras, ni sus pulidas y multicolores puertas entre columnas dóricas con sus bruñidas placas metálicas, ni sus pasamanos, ni sus llamadores —sierpes, salamandras, engarfiados puños, murciélagos, gazapos, tigres de Bengala— ni tan siquiera sus antiguas caballerizas, los portales traseros del callejoncito de Gloucester subarrendados a mecánicos, veterinarios, artesanos, modistos y grafistas, dan la menor impresión de que, tras su idílica paz, pueda esconderse un mundo *underground* de medievales ocultismos. ¡Oh!, pero, sin embargo, sobre la atmósfera y los verdes espacios destinados al trinar de los pájaros y al *pis* de los perros, flota no obstante al atardecer un melancólico y malsano aire de hechicería de la que quizá sea la única culpable la quiromántica abuela de Georgina.

Van Hageland, por no citar también otros famosos especialistas sobre el tema, estima en cuarenta mil los súbditos de su Graciosa Majestad que practican, independientemente de la superstición, regularmente la brujería; cifra que si no es ciertamente para hacer cundir la alarma en un país cuya tolerancia es proverbial hasta el punto de sentirse orgulloso y divertido de que una princesa de la casa real copule cada noche con un grasiento, musculoso y siempre distinto ferroviario, se beba ella sola al cabo de un mes entre cuarenta y cincuenta botellas de ginebra y se fume cada día media docena de cajetillas de cigarrillos Gauloises, demuestra sin embargo su asombro por el consumo de la *osmunda lunaria* y la *verbena officinalis*, el *mercurialis peremnis*, la belladona, el heliotropo y el beleño negro, y que su uso esté reservado casi exclusivamente a las féminas en edad provecta; lo que demuestra en el fondo que de poder sentenciar los empelucados jueces de la invicta Albión con arreglo a las normativas que para tales males fueran prescritas en *El martillo de las brujas* por los monjes alemanes Sprenger y Kramer, la no por jocosa menos impúdica parodia de aquelarre que la honorable mistress Leighton celebra hoy, como todos los jueves, junto a media docena de no menos aristocráticas ancianas de la *gentry* en el número diez de su mansión de Montagu Place, sería suficiente para enviarlas a la hoguera.

Pero mistress Leighton y las enternecedoras viejecitas que la acompañan un día a la semana en tan heterodoxa como excéntrica misa negra que en estos momentos celebran, ateniéndose informalmente al rito celta, pueden sentirse tan tranquilas como si se encontraran jugando apaciblemente al bridge. Ningún flemático *bobby* de la policía metropolitana vendrá a interrumpir sus alucinaciones que la transportan a lomo de sus deshollinadores y de sus escobas a Bemersyde Roxburshire, Escocia, el no por idílico menos lujurioso y sugerente paisaje tan amado por sir Walter Scott.

Otra cosa bien distinta sería en cambio que el inconfundible olor del hachís, que alegremente fuman en corro, escapara filtrándose por los resquicios de las emplomadas ventanas, y pudiera narcotizar los gorriones, los jilgueros y los petirrojos que corretean por la gravilla y, cómo no, los nobilísimos canes de pura raza que hacen *pis* sobre los parterres del *square*. ¡Oh maravillosa, oh civilizada Inglaterra, donde es mucho más grave maltratar un caballo que asesinar a un negro!

Benjamin Godfrey Leighton, financiero de la City y abuelo paterno de Georgina, fue quizá el único miembro equilibrado de la familia y al que su nieta debe la conservación casi intacta de su patrimonio —a pesar de tantos gobiernos laboristas o quien sabe si gracias precisamente a ellos— al haber sabido invertir inteligentemente, y al tiempo justo de hacerlo, en invulnerables compañías multinacionales, con intereses todopoderosos, en Suecia, Holanda y Estados Unidos, no dando una sola posibilidad al azar de nacionalizaciones, golpes de estado o quiebras, vendiendo, por ejemplo, en el instante exacto las hasta entonces estimadas por omnipotentes acciones del Canal de Suez y otras no menos tenidas también como sagradas —por sus vinculaciones vaticanas— de grandes compañías mineras belgas, que durante tantos años habían estado en manos de la familia.

De un metro ochenta y cinco de altura, miope, torpe de movimientos y de atlética complexión, adusto, introvertido, parco de palabras y absolutamente «falto de imaginación» según su propia esposa (lo que no le impediría mantener hasta el momento de su muerte a los sesenta y siete años dos jóvenes amantes, de las que ella jamás tuviera la menor noticia o pretendiera dignamente ignorar; escribir a escondidas versos al estilo de Keats, su poeta favorito, y ser un incondicional admirador de Joyce) Benjamin Godfrey Leighton resultaba, independientemente de un águila para los negocios, un incansable fornicador en opinión de sus innumerables concubinas, que no naturalmente de su esposa, y resultando a la postre el único Leighton providencial que conservara y aumentara en el siglo xx lo que la familia había amasado en el xix, al haber sabido poner en orden —continuando una tradición mercantil rota durante años— la ya tambaleante economía del apellido, tan en alza en los felices primeros años del reinado de Victoria emperatriz.

Businessman de raza, perro de presa, depredador nato, ni el hecho de haber cursado con notables calificaciones sus estudios en Oxford ni ser hijo de un diplomático de carrera, fueron obstáculos a su falta de escrúpulos. Moderno Midas, hubiera alcanzado sin duda (de no morir tan relativamente joven, y a pesar de no haberle importado jamás en absoluto ningún tipo de política que no hubiera estado vinculada a sus particulares lucros) una cartera ministerial, y, posiblemente, acabar siendo condecorado con la Orden del Imperio británico por los inestimables servicios prestados a la Corona en el salón de los pasos perdidos de Buckingham Palace.

Con independencia de estas notorias virtudes, tan británicas, y sobre las que precisamente se estructuran los más firmes cimientos imperiales, otras muchas fueron las dotes personales del difunto Benjamin Godfrey Leighton que son innecesarias consignar por obvias razones en cuanto guardan una estrecha relación con la multiplicidad de sus fraudes fiscales, su afición por los oportos, los *sherries*, los *cognacs* y los *scotchs* y su debilidad por los pianos de los *music-hall* y por los caballos, no sólo desde la distinguida tribuna de Ascot sino desde la de todos los hipódromos europeos.

En un árbol genealógico tan poco frondoso —siempre de hijos únicos desde el último cuarto del siglo XIX— es de todo punto imposible consignar descendencias colaterales de los Leighton que, de existir, serían evidentemente bastardas y, por consiguiente, ignoradas. Esta aclaración se hace necesaria en relación con cierta leyenda íntimamente relacionada con dos pleitos sobre una jamás probada consanguinidad demandada en ambos casos por dos tiernos infantes, representados por sus respectivas madres, una escuálida cabaretera y una rolliza campesina de una aldea de Weston. La brillante defensa del caso, llevado con innegable habilidad y prudencia por una prestigiosa firma de abogados de la City, disipó todo tipo de dudas sobre tales infundios en los estrados de las cortes de Kensington presidida por honorables jueces y no menos memorables miembros de los jurados que exculparan a Benjamin Godfrey Leighton. Una discreta y generosa indemnización a las madres de ambos vástagos puso punto final a tan bochornosa falacia. Una vez más, el honor del clan había quedado a salvo.

A punta de gas y de envenenados dardos de impaciencia, ayudada por los cigarrillos de su marca preferida, Georgina Leighton cruza en caravana las últimas yardas de la carretera nacional, y el Jaguar —lo que crispa definitivamente sus nervios— entra por fin suavemente en la vorágine del espeso tráfico de las cinco de la tarde del arrabal noroeste de la laboriosa Southampton, en cuyos muelles embarcaran también para iniciar su histórica travesía los *Padres Peregrinos*, hecho del cual dan naturalmente constancia en el puerto los granitos, los bronces y los mármoles, y de donde zarpara el *Titanic* para no llegar jamás a Nueva York el 10 de abril de 1912.

Achacar el precipitado y súbito viaje de Georgina —que cruza ya, pasaporte y ticket de embarque en mano, la zona de aduana— a su extravagancia sería dar una falsa imagen de su personalidad y resultaría tan gratuito que podría considerarse equívocamente ligado a su rico y complejo mundo sensual y a su espíritu aventurero que, en ocasiones, la han obligado a cruzar el Atlántico para pasar una noche de amor en Buenos Aires con un pibe de ojos tristes y negros, payador de milongas, fletar una avioneta en Singapur para fotografiar un elefante blanco, o recorrer media Holanda a pie llevando como compañero a un joven y fornido africano con el que estuvo incluso a punto de contraer matrimonio asombrada de haber descubierto que era capaz de trece eyaculaciones en menos de cinco horas de intimidad.

Porque, los motivos del hispánico viaje de Georgina están esta vez plenamente justificados —conociéndose como conocemos su pasión por El Greco— en cuanto una semana atrás recibiera una larga y jugosa epístola de su amiga Colette Sardou, residente en Saintes, La Rochela (Departamento de Charente-Maritime), Normandía, cuyo texto, extractado, transcribimos a continuación:

«...el hecho de realizar, en unión de veinte feligreses, más que una peregrinación propiamente dicha una especie de *viaje sentimental* dirigido por el coadjutor de nuestra parroquia de Saint Eutropio de Saintes, Monsieur L'Abbé Jean Robert, al sur de España, con el exclusivo objeto de ofrecer un pergamino a la basílica de un pueblo de patrón homónimo, me pareció en un principio algo absurdo. Sin embargo, teniendo en cuenta que la excursión incluía una visita al museo del Prado, el paso por Toledo, y unos días de estancia en Andalucía, terminé enrolándome en el grupo, y partí en un viaje de casi cuatro mil kilómetros para descubrir en la iglesia de Paradas, Sevilla —meta de nuestra gira—, una hermosísima *Magdalena* del Greco, de su mejor época, en perfecto estado de conservación; lienzo del que no tenía la menor noticia, como no creo que tampoco tú la tengas...»

Colette Sardou miente a Georgina Leighton asegurándole en su carta que formó parte de la primera expedición de feligreses de Saintes que peregrinaron a Paradas y ofrecieron, para conmemorar la efemérides, a la iglesia de San Eutropio un pergamino. Colette Sardou, a la que hemos podido localizar milagrosamente en el mismo Saintes, reconoce que sólo quiso impresionar a su amiga por conocer bien su temperamento apasionado y novelero. Colette Sardou nos dice que estuvo efectivamente en Paradas, en la primavera de 1974 y en el mes de marzo exactamente; pero en aquella ocasión no fue cuando los expedicionarios franceses entregaron el pergamino sino dieciocho meses antes. Es, naturalmente, verosímil —como Colette Sardou afirma— una segunda peregrinación, aunque no tuviera el carácter inaugural de la primera que fuera en el pueblo sevillano un acontecimiento. Por ello sin duda, mademoiselle Sardou, tan visionaria como miss Leighton, englobó a propósito las anécdotas de ambas fechas (1972 y 1974) ya que las de la primera se las habían contado y las de la segunda las vivió realmente. Éste es un punto muy importante que nos tenía intrigados y que, por fortuna, hemos podido finalmente aclarar, en cuanto al pergamino, enmarcado en oro y verde, que se encuentra colgado en la columna tercera del crucero de la basílica, está fechado el 4 de septiembre de 1972 y dice así: *Con ocasión de la visita hecha a esta villa por un grupo de habitantes de Saintes (Francia), ciudad que San Eutropio evangelizó, donde murió mártir y donde es venerada su tumba, Monsieur L'Abbé Jean Robert, coadjutor de la Parroquia de San Eutropio de Saintes, actuando como cura párroco Monsieur L'Abbé, Pierre Bagcayo y don Jesús Remírez Mureta, cura párroco de San Eutropio de Paradas, en presencia de los abajo firmantes, en calidad de testigos, DECLARAMOS PARROQUIAS HERMANAS la de San Eutropio de Saintes (Francia) y la de San Eutropio de Paradas (España) por estar ambas bajo el patronazgo de San Eutropio, obispo y mártir, del que han recibido grandes favores a lo largo de su historia. De esta hermandad esperamos una mayor comunicación entre ambas comunidades y una mayor devoción a nuestro patrón común, cuya protección imploramos.*

Por otro lado, el lienzo de *La Magdalena* no sólo

está catalogado sino que es conocido mundialmente y fue expuesto en el pabellón español de la Exposición Universal de Bruselas en 1958. Los conocimientos sobre la obra del Greco de Colette Sardou y Georgina Leighton son, pues, muy discutibles, y concretamente en el caso de mademoiselle Sardou inexplicables ya que el sacristán de San Eutropio de Paradas, Enrique Ramírez Cansino, informa a todos los visitantes del museo parroquial que el cuadro fue expuesto en Bélgica.

Georgina Leighton, una vez cumplidas las formalidades aduaneras, enfila decididamente la rampa de entrada de la bocana de popa del *Patricia*, y, obedeciendo las instrucciones recibidas, sitúa su automóvil al fondo de la bodega-garaje, en la zona reservada a los vehículos ligeros, mientras un Hovercraft, dejando atrás su *dock*, cruza entre espumas ante Weston Parade para salir a mar abierta camino de la isla de Wight, y otro *ferry* color crema, con la chimenea pintada de rojo, enarbolando la Union Jack, de la Townsend Thoresen, inicia su singladura hacia El Havre.

2

Tony Mackenzie, una vez abierto el bar —fuera ya casi el buque de las aguas jurisdiccionales británicas— se dirige a la barra del bar y se hace servir un whisky doble seco. En el crepúsculo, cabrillea la mar que la luna aterciopela de reflejos violetas. La Isla, tan amada y odiada a un tiempo, ha quedado por fin atrás, y la única señal de su existencia son los haces luminosos de los faros que balizan cada cinco segundos las crestas de las olas y las recién encendidas luces de Newport, la pequeña ciudad frente a la que el *Patricia* está a punto de cruzar.

Tony Mackenzie hace seis semanas que cumpliera sus treinta y cinco años entre las hospitalarias rejas de Woorwood Scrubbs, la celebérrima prisión londinense, donde purgara una condena por espacio de veinte meses tras haber intentado abrir sin conseguirlo (pese a su pericia profesional y al finísimo tacto de las yemas de sus dedos) la caja fuerte del Mandeville Hotel. Fue apresado sin oponer la menor resistencia por lo que la benevolencia del juez ante su pacífica actitud rebajó, pese a ser reincidente, la duración de su castigo que el ministerio fiscal estimara en cuatro años.

Ladrón de guante blanco, Tony Mackenzie, que no utiliza jamás para realizar sus trabajos ningún tipo de armas —ni blancas ni negras—, acaba de tener más suerte en su último y brillante trabajo haciendo saltar en unos segundos —ya que conocía en parte la clave, lo que restó sin duda considerable mérito a su actuación— el sofisticado mecanismo de la bóveda del hotel Richwood, en Granley Bardens, una tranquila calle de Kensington, tan cercana a su Earl's Court natal, pese a la` ascendencia escocesa de su apellido. Veinte mil libras esterlinas, de las que tuviera que hacer entrega de una tercera parte a su confidente, una joven empleada de la gerencia, representó esta vez el montante del premio a su perseverancia, y ciertamente una nada desdeñable cifra que acaba de sacar sin dificultad del Reino Unido.

Siempre los hoteles, las hospederías, los restaurantes, los grandes y pequeños almacenes. Jamás las entidades bancarias, ni los organismos oficiales quizá porque su padre fuera en distintas épocas de su vida contable, promotor de venta de maquinarias agrícolas y recaudador de contribuciones. Sin embargo, los auténticos motivos de sus limitaciones están fundamentadas en razones mucho menos filialmente emotivas. En los hoteles, en las hospederías, en los restaurantes y en los grandes y pequeños almacenes elegidos, Tony Mackenzie se ha valido invariablemente de la complicidad de una mujer: telefonistas, camareras o vendedoras a las que siempre ha sabido conquistar con su indiscutible atractivo físico, su natural elegancia y su innegable halo erótico, los que le configuran una imagen tópica —y por tópica irresistible— de galán de los años gloriosos del cinema norteamericano de entreguerras.

De un metro ochenta centímetros de estatura, cabellos castaños, piel mate, ojos arios —más germánicos que británicos—, complexión atlética y facciones angulosas, de grupo sanguíneo *A. Rh +* (su fotogenia es perfecta y podía haber llegado a ser efectivamente no sólo gracias a ella sino a su intuición y a sus cualidades histriónicas un verdadero actor) Tony Mackenzie, más gigolo que *playboy* en función de su clase social capaz de confundir, no obstante, gracias a su acento casi universitario a más de una alondra de la *gentry*, por su desparpajo a ciertas torcaces pequeñoburguesas y, por su postinera aptitud y dura apariencia a todas las palomas zuritas —incluyendo *démimonde*, cabareteras, coristas, prostitutas y azafatas de sauna de todos los condados británicos— es, sin embargo, en el fondo de su alma, un sentimental y un tradicionalista, a lo que une un congénito sentido bohemio de la existencia que le impide, muy a su pesar, sentar definitivamente la cabeza estabilizando su vida aún sin verse necesariamente obligado a abandonar su *profesión*, practicada por otro lado como un verdadero oficio, por miles de honrados padres de familia en todos los puntos cardinales de la geografía isleña y de los que fueran su imperio.

En las autocríticas que suele hacerse de tarde en tarde Tony Mackenzie, preferentemente cuando permanece en la cárcel, no existen los menores síntomas de frustración que la de no ser un *gentleman* por la sangre que no por el estilo, y ningún complejo ni de infancia ni de adolescencia alternan su talante. Capricorniano, nacido a los cuatro meses y medio de haber estallado la II Guerra Mundial, su niñez —a punto de quedar sin pasar de ella por culpa de los bombardeos de la Luftwaffe— pese, o precisamente gracias, a haber visto la primera luz en los imprecisos límites de Earl's South Kensington, un enclave urbano particularmente pintoresco, fue una niñez feliz llena de correrías callejeras, de insólitas escapadas y de heterogéneas amistades con niños de todas las razas. Tercer y último fruto —primer y único varón de un matrimonio sin otros problemas que los económicos debido a la incapacidad de sus padres de soportar un empleo fijo— Tony, al terminar sus estudios secundarios, se enroló en el Ejército y fue destinado a Adén, a una guarnición colonial del Oriente Medio. Una vez cumplido su contrato con las fuerzas armadas británicas, Tony Mackenzie, que había encontrado en el ejército una mística, se alistaría en la Legión Extranjera española, donde alcanzó la graduación de cabo, permaneciendo tres años en el desierto, patrullando la construcción de la cinta transportadora de fosfatos de Bu-Craa; estando a punto más tarde de convertirse en mercenario en Madagascar, en el último momento se negó a entregar su vida a cambio de un puñado de dólares por mucho que éstos prometieran ser. Más tarde, Tony Mackenzie, trabajó un par de años en una fábrica de automóviles en Birmingham, al cabo de los cuales, en los que permaneció como un autómata al pie de la cadena de montaje, regresó desesperado a Londres para intentar vivir exclusivamente de las apuestas en los hipódromos y fuera de ellos; lo que consiguiera en buena parte en cuanto siempre se cruzó en su camino una mujer de la que, invariablemente supo sacar partido. Tony Mackenzie no se convirtió, pues, en un profesional del robo propiamente dicho hasta que no pisara la cárcel por vez primera ya cumplidos los veintiocho años —condena injusta de la que fuera un simple inconsciente cómplice— y dentro de la cual aprendiera de la mano de un viejo maestro, el famoso *Robert el Loco*, las difíciles habilidades del noble y antiguo oficio, el más acorde con su temperamento y para el cual parecía predestinado gracias a su facilidad manual, la misma que le hiciera durante su permanencia en el Medio Oriente montar y desmontar con los ojos vendados todas y cada una de las piezas del complicado mecanismo del legendario fusil Lee-Enfield M.K.3 de calibre siete sesenta y dos, por entonces aún arma de reglamento de la infantería británica y las de las no menos épicas ametralladoras Browning que tan importante papel jugaran en las troneras de tiro de los Spitfire durante la batalla de Inglaterra.

Cuando Tony Mackenzie solicita del barman su segundo escocés, doble y seco como el primero, la barra del bar se encuentra tan atestada de sedientos viajeros que decide tomarlo de un solo trago y salir a cubierta a respirar unos instantes el aire del Canal de la Mancha antes de dirigirse a su camarote, un A.F.1 individual por el cual ha pagado ochenta libras.

Matilda Mackenzie, una de las dos hermanas de Tony, sólo diecisiete meses mayor que él, contrajo matrimonio en 1961, a los veintidós años, con José Julio Ibarra Alfaro, ingeniero naval, residiendo ambos en Cádiz, donde él ocupa un alto cargo técnico en los astilleros de Matagorda desde 1970. José Julio Ibarra y Matilda Mackenzie se conocieron en Glasgow. Mientras él ampliaba en la ciudad escocesa sus estudios, ella, liberada económica y carnalmente, trabajaba como secretaria bilingüe en una oficina de John Knox Street trasladada por la misma firma comercial de Londres donde ingresara como mecanógrafa a los diecisiete años. De temperamento diametralmente opuesto al de su hermano, dulce, maternal, equilibrada, aunque tan emotiva como él —perdió la virginidad a los trece años en los brazos de un apuesto húsar de la Reina—, de dudosa belleza, pero lo suficientemente bien dotada en sus proporciones físicas, supo cautivar desde el primer momento que se conocieran casualmente en Kelvingrave Park a un aparentemente huraño y solitario cándido corazón vizcaitarra que a los veintisiete años no había conocido aún mujer y que, al finalizar el bachillerato, estuviera a punto de ingresar como novicio en la Compañía de Jesús.

La hermana mayor de Tony, Mary, ha cumplido ya los cuarenta años y reside desde los veinticinco en Richmond, Canadá, una pequeña ciudad próxima en distancia continental a Montreal, desde donde su marido —hijo de hoteleros y que continúa fiel a la tradición paterna regentando un moderno motel de su propiedad— llegara un día soltero a Londres en viaje de turismo y regresara casado con la bonita, convincente, vivaz —y virgen— dependienta de Fortnum and Mason (junto a Harrods, uno de los más famosos grandes almacenes de la ciudad) en la que se había convertido Mary gracias a su presencia, su perseverancia y su simpatía.

En múltiples ocasiones a lo largo de toda una década, Mary Mackenzie (Mary Hermet de casada) en extensas cartas maternales, las que le hubiera gustado dirigir a unos hijos que no lograra tener ni ya tendrá nunca por culpa de su esterilidad, ha propuesto a Tony que se decida a cruzar el Atlántico —e incluso le ha enviado el importe del billete aéreo para hacerlo— y probar su posible integración en un «nuevo y próspero país» intentando comenzar desde cero una nueva existencia.

También en innumerables ocasiones, a partir del abandono de su trabajo en Birmingham, Tony se ha planteado seriamente la posibilidad de emigrar, y a punto estuvo de hacerlo tras la muerte de sus padres con los que, por otro lado, había dejado de vivir y veía sólo de tarde en tarde. Pero siempre terminaba por malgastar alegremente el dinero que por tres veces le enviara su hermana, que seguía pensando con toda ingenuidad que algún día se decidiría por fin a dar el salto y que, una vez en Richmond, terminaría siendo un valioso colaborador de su marido y no regresaría a Inglaterra.

Ahora sin embargo, Tony, tras haber logrado por una parte no sólo no ser detenido en su último robo ni que milagrosamente por ahora recaiga ninguna sospecha sobre él y, por otra, conseguido sacar su botín de la Gran Bretaña —gracias a haber quizá utilizado el medio de transporte aparentemente menos idóneo para un fugitivo— piensa por vez primera en instalarse en Canadá tras hacer primero una visita a su hermana Matilda, en Cádiz; visita que, gracias a la posición social de su cuñado, lo cubrirá de posibles indiscretas investigaciones policiales y le dará, además, una pincelada de honorabilidad que le es imprescindible, aunque no sea más que para justificar ante sí mismo el hecho de cambiar por fin de vida. También a la vez su honor ha quedado a salvo. No llegará a Cádiz ni a Richmond como un mendigo, sino como un auténtico *gentleman* o, casi mejor, como un financiero de la City al que sólo falta para completar definitivamente su imagen el sombrero hongo, el monóculo y el paraguas.

De *Robert el Loco*, había aprendido Tony todas o casi todas las técnicas referentes a la manipulación de cajas de caudales, aunque no pudiera recibir dentro de la cárcel ningún tipo de lección práctica, lo que no le impediría sin embargo dibujarle esquemas y bocetos lo suficientemente elocuentes y en los que describía minuciosamente tanto los mecanismos de los distintos tipos de bóvedas como los diferentes sistemas de alarma más frecuentemente utilizados. Por último, antes de ser puesto en libertad, Robert le facilitó también la dirección de un viejo colega que le completaría el curso con clases manuales. La generosidad y desinterés del *Loco* no obedecían, por supuesto, a razones altruistas, y así se lo hizo ver desde el principio a su alumno. Se trataba de que sus enseñanzas fueran algún día cobradas, obligándose por tanto Tony Mackenzie a respetar unas reglas de juego —muchas veces con anterioridad violadas— que consistían en abonar el diez por ciento hasta cubrir una cifra de mil libras de los totales alcanzados en atracos llevados a buen fin. Tony cumplió religiosamente lo pactado, de tal forma que cuando regresó a la prisión tras su frustrado intento en el Mandeville Hotel ya había pagado a su maestro, que aún cumplía condena, el importe de la deuda contraída. *El Loco* lo recibió con un abrazo y le dijo emocionado: ¡Hijo, eres un caballero! Y el gran Robert te asegura que llegarás lejos. En nuestro oficio es tan importante como tener los dedos de plata ser un verdadero *gentleman*. En estos tiempos de perversión que nos ha tocado vivir resulta una excepción. Me contemplo en tu espejo. Afortunadamente, el espíritu de solidaridad que siempre ha animado a nuestro noble oficio no ha muerto.

Su fallo en el Mandeville Hotel no fue, pues, debido a su inexperiencia, al poseer ya sobrada técnica media docena de veces comprobada con satisfactorios resultados, sino a un exceso de confianza en sí mismo, a una falta de información que creía no obstante haber logrado en siete días y a la inoportunidad del momento elegido, a todas luces impropio; lo que debiera haber advertido siendo como era huésped desde hacía una semana del hotel en el que se inscribiera con otro nombre como viajero en tránsito procedente de Nottingham según supo hacer creer verbalmente —algo que, por supuesto, no se le había preguntado— al recepcionista y conociendo como conocía los turnos del personal, cuando y no se encontraban abierta la gerencia y la oficina de la administración, las horas punta de llegada de los grandes grupos turísticos, las rondas rutinarias de los *bobbies*, y, en definitiva, todos y cada uno de los movimientos —por desgracia para él menos uno—, siempre precisos, del engranaje de un hotel situado en pleno corazón de Westminter, a trescientos metros escasos de Oxford Street y perteneciente a la cadena Grand Metropolitan que, sólo en Londres, cuenta con cuatro establecimientos más: el Mayfair, el Britannia, el Europa y el Piccadilly, todos ellos de superior categoría, por lo que cada tarde a las siete en punto (la hora por él elegida por creer que se encontraba cerrada ya la gerencia) se procede a centralizar las recaudaciones de la jornada, situando el efectivo metálico en una sola caja fuerte, la del Mayfair para, a primera hora de la mañana del día siguiente, ser recogido por un furgón blindado del banco.

En cambio en el Richwood —qué coincidencia onomatopéyica con el nombre de la ciudad canadiense donde vive su hermana Mary— todo fue diferente al ser también distinta su mecánica administrativa, y gracias a la complicidad de quien conocía a la perfección —por haber tenido tiempo de haberlo cuidadosamente estudiado en tres años— todos y cada uno de los movimientos y elegido meticulosamente la hora exacta, los quince minutos exactos para ser más precisos, en que era posible operar sin peligro; por añadidura, conocía en parte la clave, a pesar de ser cambiada por precaución cada veintiún día. Vista de águila de una joven y ambiciosa galesa dispuesta a convertirse en inversora a toda costa y que se quedó completamente desilusionada al enterarse que en la caja fuerte se guardaban sólo veinte mil libras cuando suponía que se encontraban en ella cuarenta mil.

Intentar una investigación seria sobre la genealogía de Tony Mackenzie resultaría tan difícil y arduo como lograr conseguir, por ejemplo, una certificación del *pedigree* de Micifuz, el mítico gato de los cuentos infantiles. Sin embargo, es necesario al menos dejar constancia de sus únicos orígenes conocidos —con independencia de ser su apellido el de nombre de uno de los treinta y siete clanes escoceses cuya insignia floral es la juncia— que se remontan a 1890, victoriano año en que su bisabuelo paterno, perteneciente a los *lower orders* (clases inferiores) y soldado profesional,

Ciril Mackenzie, encontrara gloriosamente la muerte en la guerra de los bóers, declarada por Inglaterra para someter por la fuerza a sus rústicos e incómodos vecinos de Transvaal y de Orange, las dos repúblicas surafricanas de origen holandés fronteras a la colonia de El Cabo. Ciril Mackenzie murió en Ladysmith (Natal), rodilla en tierra formando el «cuadro» y vistiendo la casaca roja, aún uniforme de combate de la infantería británica.

De su hijo Ciril Mackenzie, junior, por el contrario no se tienen curiosamente noticias de sus hechos de armas, aunque es de sospechar que interviniera en la Gran Guerra. Sí, claro es, por el contrario de su nieto, el padre de Tony, llamado a filas tras el desastre del cuerpo expedicionario en Dunkerque, y que sirviera como proveedor de una batería antiaérea en la zona del área metropolitana.

Con respecto a la línea materna no hemos logrado obtener ni un solo dato, exceptuando ciertos indicios, no confirmados, que indican que su abuela Matilda bien pudiera haber formado parte del servicio doméstico (en su escala más ínfima: lavandera) del palacio de Buckingham.

Tony Mackenzie entra en su camarote, enciende la luz del plafón y se encierra en él con llave; lo que no le parece, no obstante, suficiente garantía ni le ofrece el grado de seguridad deseado por lo que, después de correr la cortinilla de rafia azul del ojo de buey que da a la cubierta «A», tomando del armario empotrado, de fina madera sueca barnizada, una sólida percha metálica de acero inoxidable la cruza hábilmente sobre el picaporte y el filo de contramarco hasta lograr, haciendo palanca, convertirla en una verdadera falleba que hace teóricamente imposible cualquier intento furtivo de penetración en su confortable «A.F.1» individual dotado de lavabo, ducha y W.C.

Tony Mackenzie, después de desanudar la corbata de esponjosa lana escocesa, desprenderse de la chaqueta de cheviot y del chaleco de doble fila de botones, se quita también los pantalones sujetos por un grueso cinturón de piel de elefante y la camisa Lord John a franjas verticales grises y anaranjadas. Bajo ella y sobre la piel, entre el tórax y el vientre, se encuentra disimulado, sujeto por bandas de grueso esparadrapo, un sobre color crema envuelto en una funda de plástico que contiene exactamente once mil doscientas libras esterlinas. Tony Mackenzie —tras cortos tirones, lo que no impide que queden inevitablemente adheridos a la goma interior algunos vellos del pecho— toma el botín y lo deposita amorosamente en la mesilla de noche. Se trata ahora de encontrar un lugar adecuado para convertirlo en escondrijo, un sitio ideal dentro de las limitaciones impuestas por la funcionalidad de la decoración del camarote y de la mejor utilización de sus espacios. El problema es mucho más complicado de lo que estimara en principio. Naturalmente, podía haber depositado el sobre —sin necesidad de que nadie le interrogara respecto a su contenido— en la caja fuerte del buque. Pero ¿acaso no sabe por experiencia que el dinero no está nunca seguro ni siquiera en las bóvedas acorazadas de los grandes hoteles? ¿Cómo le sería posible en caso de robo reclamar nada cuando sólo es posible sacar de Inglaterra, según autoriza el Tesoro, veinticinco libras en efectivo y trescientas en cheques de viaje?

Tony Mackenzie abre su maleta acordeón, dispone sus trajes en los percheros del armario y su bolsa de aseo sobre la repisa del lavabo, se quita los zapatos y los calcetines, se calza unas pantuflas *made in India*, se pone un pijama de seda negro con flores estampadas y, sentándose al borde de la cama, enciende un cigarrillo de hachís mezclado con tabaco de Virginia ya previamente elaborado, en el momento justo en que el *Patricia* deja oír por tres veces consecutivas su sirena, lo que continuará haciendo durante casi media hora y señal inequívoca de que el buque ha entrado en un banco de niebla. No basta sólo el radar en el Canal. El tradicional procedimiento de aviso de su presencia continúa siendo imprescindible, lo que por otra parte le da a la singladura un aire mucho más marinero.

Cuatrocientos cincuenta años antes del nacimiento de Cristo, Herodoto hablaba ya del hachís con entusiasmo. Virgilio lo canta dulcemente en la *Eneida*, y Homero hace vibrar a Helena bajo el influjo de su aroma. Las huestes de san Luis de Francia y de Ricardo Corazón de León lo descubrirían durante las Cruzadas al comprobar el fanatismo y la heroicidad de sus enemigos en el curso de los combates. A los soldados del cuerpo expedicionario norteamericano en Vietnam se les proporcionaba diariamente, junto a sus raciones de mermelada de zanahoria, pollo enlatado y leche pasteurizada, pretendiendo quizá no tanto lograr su heroicidad como conseguir enterrar sus cadáveres sin problemas mentales.

Denominado hachís (hierba en árabe), marihuana, grifa, carga, kif, té, canga, *chocolate* y otro centenar largo de nombres (el Cuartel General de Policía de Bramshill tiene confeccionada una lista de doscientos), es la droga más popular en el Reino Unido, según la autorizada opinión de Peter Laurie, profesor de Cambridge. Perteneciente a la familia del cáñamo europeo, su aspecto es el de una finísima ortiga, mide hasta un metro ochenta centímetros y crece en cualquier parte con el suficiente grado de humedad y temperatura. Aunque sembrada en invernaderos en distintos lugares de Inglaterra, sobre todo en las cercanías de Windsor, los habituales abastecimientos proceden del Oriente Medio, del Norte y Oeste de África, de las Antillas, de la India y, se sospecha fundadamente, del sur de España.

Las hojas secas se fuman como tabaco o mezcladas con él en cigarrillos o en pipas. Con la resina destilada de sus flores se manufacturan rudimentariamente bloques compactos en forma de ladrillos que se utiliza en polvo agregándolo al tabaco y sus efectos son de sobra conocidos. Los fumadores exhalan un penetrante aroma a hierba quemada. Los signos físicos son escasos y de poca importancia comparados con los efectos psíquicos: descensos del nivel de atención, euforia locuaz de intensidad variable, cierta actividad psíquico-motora, e inestabilidad afectiva modelada por la personalidad subyacente; alguna distorsión en la percepción y en el sentido del tiempo, dependiendo de la dosis, y lasitud, que culmina en un sueño profundo si ésta es suficiente.

Un fumador experimentado que deja de tomar la droga en el momento justo en que ha alcanzado la cumbre de la euforia es muy poco probable que sienta sus efectos más de ocho o diez horas. Mientras dura éste, las experiencias dependen mucho del estado de ánimo que tuviera al empezar. Como el alcohol, la marihuana intensifica el estado psíquico original de la persona.

William Burroughs afirma: «La depresión se convierte en desesperación, la ansiedad en pánico y una mala situación en otra mucho peor.» No es correcto afirmar de manera general sin embargo que la *cannabis* produce o deja de producir actitudes delictivas, sexuales o cualquier otro efecto social específico. Las formas de conducta derivan, de manera imprevisible, de los centros de acción de la droga en el cerebro. El carácter, la educación y la situación social se hallan solidariamente comprometidos en la conducta final del consumidor tal y como aparece ante la sociedad. En el terreno intelectual, la droga acrecienta la imaginación, pero disminuye la concentración. No hay, pues, droga que se encuentre en una posición más equívoca que el hachís. Unas veces se le considera como plaga, otras como simple divertimento, y, las más, como un remedio *pagano* en un *tiempo de destrucción* que ha perdido todos los valores del espíritu.

La *cannabis* está prohibida en Gran Bretaña desde 1928, año en que el Reino Unido ratificó la Convención de Ginebra de 1925 que controla la manufactura, venta y contrabando de drogas peligrosas, especialmente el opio, la cocaína y el hachís. Por entonces no existían en Inglaterra problemas sociales con relación a la droga ni perspectivas de que surgiesen. La ratificación fue suscrita sólo para suprimir su tráfico en las colonias y en los territorios dependientes de la Corona. La alarma con respecto a la marihuana comenzó en la Isla a mediados de los años cincuenta, cuando los emigrantes de color empezaron a convertirse en un problema social.

En lo que se refiere concretamente a España y en particular a algunas de sus regiones donde el hachís tiene más adeptos, hemos de referirnos inevitablemente a Andalucía, donde el veinte por ciento de su población adulta y el cincuenta de la joven hace regularmente uso de la *cannabis* y donde se fuma una *goma* que sin ser exactamente un *cero-cero* (máxima pureza) ni tener las propiedades tóxicas de los aceites esenciales, alcanza altos niveles de concentración.

Inevitablemente, hemos de preguntarnos quién controla el tráfico clandestino de la *cannabis* en el mundo. ¿Existe una sola organización multinacional? ¿Se trata, por el contrario, de diferentes organizaciones autónomas ligadas entre sí, pero que actúan con independencia en distintos países? Al parecer, y tras los datos que hemos podido obtener tras una laboriosa investigación —cuya peligrosidad no escapa a nadie— se puede asegurar que existen varias áreas de mercado o zonas de influencia y que todas y cada una de ellas se encuentran repartidas desde la década de los cincuenta —cuando el hachís comenzó a ser verdaderamente rèntable— entre las más dispares y, a veces, heterogéneas organizaciones que tienen solamente un denominador común: los altos beneficios, y que convierten una mercancía cuyos costes es a pie de plantación de unos céntimos en cientos de miles de millones de dólares, libras, marcos, francos, liras y pesetas.

Remitiéndonos a la tesis de tolerancia de Peter Laurie, podíamos añadir que una razón práctica y moral para abogar por un control más liberal del uso de la *cannabis* es la de evitar precisamente el progresivo desarrollo de este mercado clandestino —dogal de fina nervadura de oro— cuyos tentáculos asfixian día a día por lo visto y sin remedio la economía de toda la sociedad occidental.

Tony Mackenzie, «fumador» habitual y solitario, aunque jamás haya comerciado aún con el hachís a pesar de haber recibido tentadoras proposiciones en los para él bien conocidos y frecuentados medios del Soho londinense, iluminado de repente quizá por el efecto de la *cannabis*, logra descubrir frente a él una imperceptible fisura a la altura del techo, en uno de los blancos paneles de madera escandinava que revisten el camarote. Se trata de una falla vertical de apenas unos milímetros de ancho por quince centímetros de largo y fuera del alcance visual de nadie que, a no ser como él, tenga una vista de lince gracias a la cual fuera nombrado observador de su batallón de Infantes primero y de su Bandera más tarde en sus días de guarnición y vigilancia en Adén y El Aaiún.

Tony Mackenzie traza en unos segundos su plan de operaciones que queda concretado en sacar de su bolsa de aseo una pequeña tijera de manicura, subirse en el pesado sillón de la reducida escribanía plegada junto a la mesilla de noche y, con su característica destreza manual —pese al vaivén del buque—, despegar cuidadosamente el panel. Como imaginaba, bajo la delgada lámina de madera, encuentra la suave masa de fibra de cristal utilizada en la climatización e insonorización del barco.

Tony Mackenzie baja de su improvisada escala, toma el sobre, vuelve a subir al sillón y lo deposita cuidadosamente en el improvisado escondrijo. Luego, con un hábil golpe, vuelve a cerrar el entrepaño, que queda de nuevo encajado justamente en su mismo sitio. Tony Mackenzie puede dormir ya tranquilo la noche de su primera singladura marítima.

3

Los parques y los cisnes de Inglaterra pueden ser,
como efectivamente son, de exclusiva propiedad de la
Reina que los cede en perpetuo usufructo a sus ama-
dos y fidelísimos súbditos; pero el camarote de *A.L.L.D.*
—una suite de lujo con dos camas, salón y baño completo por la que ha pagado noventa y cinco libras, a las
que hay que añadir las cuarenta del transporte del
automóvil— es ahora, y lo continuará siendo por espacio de las veintidós horas que aún faltan para rendir la travesía marítima, sólo de Georgina Leighton,
que no está dispuesta a ofrecerlo en usufructo ni compartir con nadie a no ser, naturalmente, que encuentre entre los pasajeros un varón que sepa encandilarla
por su físico, como siempre simple *hombre objeto*, o
por su brillante conversación, agradable compañía y
dotes artísticas e intelectuales.

Siempre e invariablemente los hombres como constante a lo largo de su vida, desde que a los quince años
y en su plenitud de ninfa, dejara de ser doncella una

tarde de primavera en las orillas sembradas de césped de Rotten Row, la larga senda siempre frecuentada de amazonas y jinetes de Kensington Garden, donde se encontrara acompañada de un joven e impetuoso duque galés, cabalgando sobre una soberbia yegua anglo-árabe regalada por su abuelo, el excéntrico Benjamin Godfrey Leighton. Todo sucedió de forma natural y espontánea como correspondía a su carácter, sin previo cortejo ni apenas innecesarias palabras en ninguno de los dos jóvenes, bellos y apasionados animales, y ella entregó tranquilamente algo que ya empezaba a resultarle molesto a partir de los doce años y que le abriría en adelante, sin absurdos sentimentalismos, las puertas de todas sus posteriores aventuras galantes. Cópula incompleta, no obstante, dado lo impropio del lugar y del vestuario de ambos, y de la que no saliera sin embargo frustrada al estar impregnado el ambiente de cierto especial romanticismo al estilo más nórdico que británico: casi cual el encuentro entre un vikingo y una campesina de Norland de rubias y largas trenzas en una pradera o al filo del acantilado de un fiordo, y de salvajes y campestres olores de hierba mojada, de tréboles en flor y de doradas margaritas; sus ojos felinos, también húmedos, clavados en el cielo de un crepúsculo de abril revoloteado de patos silvestres y de ánades en ruta hacia la Serpentine, el familiar lago londinense, la azul pincelada cristalina que corta al sesgo Hyde Park y los imprecisos límites de los jardines de Kensington.

Georgina Leighton, que se ha levantado de un pésimo humor, acaba de hacerse servir en el camarote el desayuno *continental* dada su preocupación por la línea y porque estima que su cena de la víspera fuera demasiado abundante, pese a su indiscutible sobriedad que incluía sin embargo unos vitaminados arenques en gelatina. Tras haber permanecido casi media hora en el baño y realizado parsimoniosamente su *toilette*, Georgina ha elegido de su ropero un vestido *sport*, calzado unos zapatos de tacón bajo, echado al cuello un echarpe de esponjosa lana que se ha anudado dos veces sobre la garganta, y, abandonando su suite, se dirige con paso elástico al *shopping at shipboard price*, que calcula se encuentra ya abierto, para adquirir sin impuestos un par de frascos de perfumes franceses, dos botellas de White Label, un par de cartones de cigarrillos Rothmans, de los que le es difícil prescindir, tres jerseys de *cachemire* —fucsia, celeste y limón— y cuatros pañuelos italianos de seda natural.

El Tax-Free Shops del *Patricia* se encontraba efectivamente abierto, y Georgina Leighton ha adquirido en él todo lo que deseaba, incluyendo un anillo de ágata polaca engarzado en platino, compra que no tenía prevista. De vuelta a su camarote cargada con dos grandes bolsas de plástico estampadas con el nombre del buque y la característica estrella de cinco puntas dentro de un círculo, logotipo de la Swedish Lloyd, a Georgina Leighton le aflora ya la sonrisa a los labios y su matutino malhumor parece haber definitivamente desaparecido y no precisamente porque encontrara todo lo que deseaba realmente adquirir y a la mitad de precio de Londres, sino porque en el transcurso de los treinta minutos escasos que ha permanecido de compras un acontecimiento, no exactamente inesperado en cuanto jamás le ha resultado difícil llamar la atención por su belleza y ser inmediatamente abordada en cualquier lugar por los más diversos tipos de hombres, desde lores a jóvenes universitarios y artistas pasando por la amplia gama de los inconfundibles, atildados, osados y locuaces ejecutivos, ha llegado a perturbar su paz; un distinguido y atlético ejemplar se ha dirigido en esta ocasión cortésmente a ella para, tras pedirle perdón por su impertinencia, rogarle le indicara algo singular y a no importase qué precio para llevar como presente a su hermana que va a visitar en Cádiz, tras haber adquirido ya para su cuñado y sobrinos un estuche con tres espléndidas pipas de espuma de mar, diferentes cajas con todas las piezas de viejos bergantines listos sólo para ensamblar, y un par de aviones en miniatura fabricados con madera de balsa y sus correspondientes motores de dos tiempos y un solo cilindro.

Aunque no hubiera pasado ya en el Reino Unido de la Gran Bretaña el tiempo en que era preciso desde el pedestal de su posición social haber sido antes previamente presentada para hablar con un desconocido (algo que, por otro lado, ella jamás ha tenido en consideración, reservando su clase de la que sigue siendo perfectamente consciente para otro tipo de situaciones y, en última instancia, siempre frente a mujeres), Georgina ha atendido encantada la petición del apuesto galán de oscuros cabellos castaños y profundos y prometedores ojos entre azules y verdes —que, desde un formalismo muy británico, no ha hecho más que confiar en una persona que ha debido advertir tiene un excelente buen gusto y al que no podía negar un favor que resultaba en el fondo una gentileza— indicándole algunas lujosas y prácticas bagatelas que él ha adquirido en el acto sin pestañear. Luego, tras darle efusivamente las gracias, se ha despedido de ella con una leve inclinación de cabeza y una irresistible sonrisa que ha dejado al descubierto su fuerte y blanquísima dentadura de lobezno no sin antes haberle insinuado que confiaba volver a encontrarla en el comedor durante el almuerzo, a la hora del aperitivo en el bar o, antes incluso, en cubierta, o acaso y en último término por la noche, en el casino o en el *dancing-club*.

No descartó ella ninguna de estas posibilidades, irremediables por otro lado, devolviéndole la sonrisa tras clavar sus felinos ojos en la retina del bello Apolo que vestía con una elegancia ya un tanto infrecuente, pero inequívocamente inglesa, de la Britannia de los mejores años: pantalón blanco de franela, camisa oxford con fulard anudado al cuello, ligera *blazer* azul y, como complemento, unos inmaculados zapatos de lona con gruesas suelas y unos calcetines también blancos. Impecable atuendo en fin como escapado de un figurín de los años treinta y al que por no faltar no faltaba ni el esmalte nobiliario en el meñique izquierdo ni un clavel en el ojal de la solapa: un Tony Mackenzie en definitiva transfigurado como por arte de magia en un duque de Windsor con los cabellos más largos, aunque algo no cuadrara sin embargo en tan estudiada elegancia.

De nuevo y al cabo de los años, Georgina Leighton vuelve a quedar deslumbrada por el dorado mundo de las apariencias que creía haber superado desde su snobismo y su bohemia pseudointelectual, como si en el transcurso de los últimos meses se hubiera producido en ella un lento pero profundo cambio y comenzaran a quedar atrás los postulados que configuran la filosofía de sus autores favoritos —Story Sillitoe y Arnold Wesker— y sus juveniles días en Chelsea en su, no por lo heterogéneo de su decoración —*posters*, *puffs*, alfombras árabes, cojines de estridentes colores— menos confortable estudio, rodeada siempre de artistas, desocupados, estudiantes de color, *gays* y militantes feministas del Women's Lib y de la Union of Women for Liberation.

Georgina Leighton dispone cuidadosamente sus compras sobre una de las dos camas gemelas de su suite, exceptuando los dos cartones de cigarrillos y las botellas de escocés que coloca en el armario; una de las cuales termina por abrir, tras dudarlo unos instantes, con la desenvoltura propia de una consumidora habitual. A continuación, tras buscar inútilmente la botella de agua mineral que ya ha retirado el *valet*, dirigiéndose al cuarto de baño toma uno de los vasos empotrados en aros de acero inoxidable sobre la repisa del espejo y lo llena de whisky para, después de pren-

73

der un cigarrillo con su encendedor de plata lacada, empinárselo olímpicamente de un trago.

Georgina, que no es una bebedora matutina, necesita hoy, no obstante, encontrarse inmersa en un estado de euforia que sólo es capaz de proporcionarle el alcohol, en cuanto está dispuesta, después de que un demoniaco relámpago de deseo cruce su mente, de hacerse lo más rápidamente posible la encontradiza con Tony, cuyo nombre aún ni siquiera conoce, calculando desde su femenina intuición la posibilidad de que alguna otra mujer, de las innumerables que en estos momentos se encuentran en los salones de recreo del barco, pueda convertirse en una peligrosa rival capaz de deslumbrar al hombre con el que se ha propuesto pasar un feliz día seguido de una agradable velada y, por supuesto, de una larga noche de amor, la segunda y última a bordo del *Patricia*.

Tony Mackenzie está seguro de haber levantado casualmente en el Tax-Free Shops una auténtica alondra de la *gentry* de la que sólo en excepcionales ocasiones, como las de una travesía marítima, se encuentra a su alcance. Tony Mackenzie tiene la suficiente experiencia para pensar sin jactancias que, sin poner la red ni en un principio proponérselo, la pieza se encuentra ya al alcance de sus garras de viejo halcón. No se trata sólo de llevar a la distinguida desconocida a la cama, sino de trabar un nuevo conocimiento femenino que pueda resultarle, como en tantas otras ocasiones, sumamente útil. El sexo se da siempre por añadidura, pero jamás ha sido el principal objeto de sus asechanzas, lo que no significa que deje de tenerlo muy en cuenta; una gacela es siempre para él una gacela en cualquier circunstancia.

Tony Mackenzie llegó a Southampton (Estación Central) sin automóvil, subiendo en Londres (Estación de Waterloo) al ferrocarril que une las dos ciudades y suya salida se efectúa cada media hora. Luego tomó el taxi que lo dejaría en el muelle número tres (Princess Alexandra) subiendo a bordo por la escala de pasajeros sin vehículos. La posibilidad que aún desconoce, pero presupone, de que su deslumbrada presa de lujo tenga coche en el garaje del buque acentúa aún más su interés por ella, en cuanto siempre cabe, de rodar las cosas como está seguro que rodarán, cruzar en él y junto a ella al menos una parte de la península Ibérica, lo que evidentemente le ahorraría riesgos que aún no se encuentra seguro de haber definitivamente superado.

Tras dejar en su camarote los frascos de perfumes franceses y los pañuelos de seda que Georgina le recomendara como regalo, más los inevitables cartones de cigarrillos, las obligadas botellas de whisky y el resto de los obsequios dedicados a su familia, Tony Mackenzie se dirige al bar y toma su primera copa, un *gintonic* de Gordon's. Tras el ventanal, a su izquierda, las olas del mar, que de arbolada ha pasado a gruesa, rompen sobre los costados del barco, y al fondo, en lontananza de un horizonte de brumas, una fragata de combate driza a estribor sus perfiles gris plomo.

En el puente, en las cubiertas, en las toldillas, en la cabina de radio, en la sala de máquinas, en los *lobbies*, en los salones, en los bares, en las despensas, en la cocina, la singladura se desarrolla con el acostumbrado ceremonial, orden y dinamismo de siempre. Compases, cartas marítimas, brújulas electrónicas, relevos de guardia. Oficiales, contramaestres, sobrecargos, maquinistas, operadores, marineros, camareras, barmans, mayordomos, pinches, *valets*, dan órdenes o las cumplen; van y vienen cruzando pasillos, subiendo y bajando escalas, disponiendo *chaise-longues*, radiando telegramas, condimentando menús, sirviendo infusiones y bebidas, limpiando camarotes, engrasando bielas, comprobando sondas y radares, mientras el pasaje charla, fuma, lee, dormita, juega al *bridge*, se marea, otea el horizonte, anuda amistades y espera la inminente llegada de la hora del almuerzo y la más lejana del tradicional cotillón de la última noche de a bordo. Toda una rígida disciplina para unos y casi toda la incivilizada indisciplina de un crucero de placer para otros. Murmullos, silencios, medias voces, olor a café, a humo de cigarrillo de Virginia y a ginebra; hilo musical —*El vals de las velas*— y el run-run continuo de las hélices y el suave silbido de los acondicionadores; y los pasos, con sordina sobre las moquetas y marciales sobre las planchas de hierro. Y el iris multicolor de los vestidos, de los sombreros, de los zapatos, de las faldas, de las blusas, de los pantalones, de los *foulards*, de los pañuelos, de los echarpes, de las gorras. Babel de acero, madera y polietileno, arca de Noé navegando bajo una mansa lluvia ya en cántabras aguas del golfo de Vizcaya, atrás la Gran Fosa del Canal de Cherburgo; atrás también Brest y a punto de cruzar frente a St. Nazaire y a tres horas escasas de la isla de Yeu, el *Patricia* enfila majestuoso, en línea casi recta, su rumbo hacia la costa de una Euskadi donde, según las últimas noticias de la B.B.C., ha sido declarado el estado de excepción. En el diario de a bordo, el comandante ha escrito ya la fecha preceptiva antes de iniciar el relato de las novedades de la jornada: Jueves, diecisiete de junio de 1974.

—¡Feliz coincidencia! —dice Georgina sentándose junto a Tony en un taburete del bar, donde en los anaqueles se tornasolan botellas multicolores y, más multicolores aún, banderolas y gallardetes.

—En una travesía no caben las coincidencias. Los reencuentros son inevitables —contesta Tony, y añade—: Si quieres que sea sincero, te esperaba. ¿Acaso no habíamos quedado citados de alguna manera? ¿Qué tomas?

—¡Qué impertinencia! ¿Imaginas que he venido sólo a buscarte? *Gin-tonic*, por favor.

—Es exactamente lo que yo he hecho. Y, tarde o temprano, te hubiera encontrado. Los barcos son como las cárceles. No hay escapatoria.

—¿Has estado alguna vez en la cárcel?

—Naturalmente.

—¿Robo con escalo, asesinato, estupro, violación?

—La primera vez por conducir borracho.

—Poco original. ¿La segunda?

—Por negarme a ir al juzgado con una americana que juraba le había dado palabra de matrimonio, en Pittsfield, Massachusetts.

—Demasiado lejos. ¿Y acaso no se la diste?

—Por supuesto.

—Qué cinismo. Y terminaste casándote con la otra. Siempre suele haber otra. Un matrimonio, por otra parte, desgraciado.

—¿Tan poco inteligente me supones? Tú, en cambio, sí que lo estarás.

—Por supuesto. Con un decrépito y tolerante coronel...

—Ya.

—...del que terminé divorciándome.

—¿Artillero?

—De Estado Mayor. Soy soltera, querido. Mi casamiento se corresponde con tus cárceles.

Banalidad por banalidad. Juego de palabras en un tuteo que no tiene equivalencia en lengua inglesa. Humor anglosajón, sin equivalencia tampoco, pero que evidencia sin embargo estados de ánimo de una cultura en que toda salida de tono es válida si gracias a ella se enmascara la intimidad insobornable que por pudor, urbanidad, buenas maneras o intereses es siempre, sin excepción, tabú. Regla de oro que no debe ser incumplida jamás, sean cuales fueren las circunstancias. No hay, pues, preguntas insidiosas. No caben ni serían aceptadas, al menos por uno de los dos contendientes, la intrépida Georgina, pese a su tolerancia. En vista de estas limitaciones, la versión coloquial del segundo encuentro entre miss Leighton y míster Mackenzie, dos seres aparentemente tan dispares y a los que, no obstante, unen más cosas que los separan, ha de resultar inevitablemente aproximativa, quedando su interpretación al criterio del lector que sabrá disculpar las dificultades que significa ofrecer un diálogo, no por intrascendente menos esclarecedor de las consecuencias de un contacto que, fatalmente, resultará clave en el posterior desarrollo de la historia, en cuanto el germen de los cinco crímenes del cortijo «Los Galindos» se siembra —como más tarde se hará con el hachís en las fértiles tierras del gran latifundio andaluz— precisamente en estos momentos y ante la barra del bar centelleante de reflejos de un paquebote en ruta hacia la estación marítima de Santurce, donde fondeará a las ocho horas del día siguiente en una caliente mañana de junio, tras una huelga realizada a lo largo de toda la orilla del Nervión y el permanente rastreo en los montes de la frontera francoespañola, desde Roncesvalles a Behobia, mientras una corbeta de combate ha quedado fondeada en Punta Galea.

—Un tiempo decepcionante —dice Georgina tras prender un cigarrillo y soplar la primera bocanada de humo sobre su propio flequillo.

—Junto a mí, al menos, luce el sol —contesta Tony galantemente.

—Muy gentil. ¿Te parezco apasionada?

—Excitada, diría yo mejor. No he tenido aún ocasión de comprobar tu temperamento, aunque pienso ponerlo pronto a prueba.

—Excitada, sí. Ése quizá sea el término más exacto. Los viajes provocan siempre una especial excitación y una pérdida transitoria de la autodefensa.

—Viajando en cierta ocasión en ferrocarril entre Birmingham y Londres...

—¡Oh, no! —le interrumpe Georgina—. Pienso como Wilde que la mejor manera de evitar la tentación es caer en ella. Jamás, en ninguna circunstancia, intento defenderme. Para mí la única defensa es el ataque, como aseguraba Napoleón. A propósito, ¿conoces el *Napoleón desnudo* de Canova, del Wellington Museum? Claro que yo, y no precisamente por patriotismo, prefiero nuestro inefable *Aquiles*, de Hyde Park.

—Nada como Venus —contesta evasivamente Tony, que si le es de sobra conocido, como a todos los londinenses, la familiar estatua de Aquiles, homenaje al héroe nacional de las mujeres británicas, fundido con los cañones capturados en las batallas de Vitoria, Salamanca, Toulouse y Waterloo, que se alza en el paseo más concurrido de la urbe, ignora en absoluto la existencia de un *Napoleón desnudo*, el que en un característico gesto de humor británico regalara el Príncipe Regente a Arturo Calley Wellesley, duque de Wellington, el más encarnizado enemigo del Emperador.

—¿No te interesa la escultura?

—Digamos que no es precisamente mi debilidad.

—¿Ni la pintura tampoco?

—Me siento más inclinado a ella, pero sin grandes entusiasmos.

—Yo, en cambio, realizo un viaje de mil quinientas millas sólo por contemplar un cuadro. Pero, perdona, decías, me hablabas de que en una ocasión en el trayecto de Birmingham a Londres.

—Era una anécdota, a propósito de la excitación de los viajes, que carece en absoluto de importancia.

—Te interrumpí y deseo conocerla —clava sin recato sus ojos Georgina, galga salida y ya prácticamente entregada, en los de Tony, y se acerca a él que advierte su cálido aliento, espeso y agridulce.

—¡Si te empeñas!

—Me empeño.

—Viajaba en un solitario departamento para fumadores en el que entró, al detenerse el tren en Northampton, una adolescente con los ojos rojos de haber llorado.

—¡Qué horror! *¡Y aún resbalaban por sus mejillas las lágrimas que, como perlas...!* —le interrumpe Georgina parodiando a Shakespeare.

—Te perdiste la historia. No sigo.

—¡Por favor!

—De acuerdo. Le ofrecí un cigarrillo y aceptó. Mi intención era sólo distraerla sin que, por supuesto, ello le obligara a contarme su problema. Sin embargo, lo hizo.

—¡Ah! ¿Lo hizo? —pregunta británicamente extrañada Georgina.

—Me dijo que regresaba a Londres tras haber visitado en una prisión militar a su marido, capitán de un regimiento de transmisiones, sospechoso de alta traición, que se encontraba a punto de ser juzgado en un consejo de guerra sumarísimo culpado de espionaje.

—¿Y…?

—Minutos antes de llegar a Londres, le propuse que cenáramos juntos.

—Y terminasteis en la cama.

—Fue inevitable.

—Con lo que quieres demostrar que la excitación producida por el viaje le hizo perder sus autodefensas. Pienso que es una historia vulgar y un tanto sórdida.

—Ya te dije, hubiera preferido no contártela. Dos *gin-tonic*, por favor.

—Para mí no, gracias. ¿Conoces el original de tu historia?

—¿Qué original? —se asombra Tony.

—El del *Satiricón*, de Petronio.

—¿Cuál de ellas? —se arriesga a preguntar Tony desde su absoluta ignorancia. Sólo le suena el filme de Fellini, recién estrenado en Londres.

—La de la joven viuda y el soldado griego.

—Si quieres que te diga…

—Muerto repentinamente un patricio de Éfeso —enfatiza Georgina— fue enterrado en la cripta de un cementerio próximo a la ciudad. A su desconsolada viuda, joven y bellísima, nada ni nadie pudo separarla de la tumba de su esposo. En ininterrumpido llanto, y más afectada sin duda que tu capitán de transmisiones, arrodillada en el panteón, ni hablaba, ni dormía ni consentía probar un solo bocado. Así toda una semana.

—¡Increíble!

—Por aquellos días fue condenado también a muerte y crucificado un hombre acusado de sedición, y su cuerpo, colgado de la cruz, permanecía para dar ejemplo pudriéndose a la intemperie custodiado por un soldado. Al cabo de un par de días más con sus respectivas noches entre el centinela y la joven viuda se estableció una mutua corriente afectiva. Admiraba él la entereza y profundo amor de ella por su esposo, y ella la larga permanencia de él en el cementerio, disciplinado e impasible. Al cabo de las siguientes veinticuatro horas, la relación entre uno y otra llegó a ser tan estrecha que, durante la madrugada y sin darse cuenta ninguno de los dos, sucedió lo que inevitablemente tenía que suceder; momento que fue aprovechado por los partidarios del crucificado para robar el cuerpo de su camarada. ¡Debía ser tan hermosa la luna en la necrópolis! —ríe Georgina.

—Una historia alucinante, en efecto.

—Que no termina ahí. Imagínate la angustia del soldado que, por haber dejado de cumplir con su deber, sabía que terminarían por aplicarle también la última pena. Pero la joven viuda griega no se anduvo con remilgos y tuvo una feliz ocurrencia que ella y su amante llevaron inmediatamente a la práctica: desenterraron al marido y, tranquilamente, lo crucificaron en el madero vacío. Un cadáver desnudo y descompuesto es siempre idéntico a otro cadáver desnudo y descompuesto. ¿No te parece?

—¿Te apetece una cerveza Guinness? —pregunta Tony al que el inesperado final ha cogido de sorpresa.

—Prefiero una Heineken.

Tony Mackenzie roza suavemente con las yemas de los dedos los labios de Georgina que, echándosele al cuello, lo besa ansiosamente.

Corta y apasionada noche de amor tras la cena, el cotillón y el baile, después de haber permanecido juntos todo el día pese a la preocupación y nerviosismo de Tony por haber dejado sin vigilancia durante tantas horas su camarote. No hubo, por fortuna, sorpresas. Al regresar al alba para afeitarse y hacer el equipaje, el sobre con las esterlinas se encontraba intacto dentro de su seguro escondite.

Mar en calma, rosado amanecer sobre el horizonte costero al que ya empiezan a herir las aguas del golfo de Gascuña. Parpadeantes luciérnagas de los barcos de pesca de bajura. El *ferry* se cruza, a menos de media milla, con dos cargueros y una lancha rápida francesa de represión de contrabando, con un *destroyer* español y un petrolero holandés. Sentado en el comedor abarrotado, Tony Mackenzie espera impaciente la llegada de Georgina. Todo ha quedado planeado hasta en sus últimos detalles. Viajarán juntos hasta Madrid donde permanecerán dos días. Partirán luego hacia el sur e irán, por fin, a Paradas tras hospedarse en Sevilla en el hotel Inglaterra, donde tradicionalmente lo han hecho siempre los Leighton. Desde Paradas y tras dejar a Tony en Córdoba, donde subirá al Talgo que lo dejará en menos de tres horas en Cádiz, Georgina regresará a Madrid. Desde Madrid partirá hacia Barcelona, cruzará más tarde la frontera por Port-Bou, atravesará Francia, pasará una semana en París, alojándose en el Jorge V, y viajará más tarde a El Havre, donde embarcará en otro *ferry* que la devuelva a Southampton.

A lo largo del día anterior, hasta que terminaran finalmente juntos en el camarote, Georgina ha planificado el *tour* en el que Tony sólo en parte está comprendido, en cuanto era necesario dejar en claro que su encuentro y su aventura no significarían en manera alguna que cada cual dejara de atender sus propios compromisos. En Córdoba, pues, la despedida. Posiblemente alguna vez, quién sabe, volverán a encontrarse en Londres. Quizá en The Secret Place of L'Artiste Affame, en el Flanagan's de Leicester Place, en el *grill* del Savoy o incluso en el nocturno Ribblessdale Room del Cavendish Hotel. Ella reside en Mayfair, pero cree estar siempre tan ocupada con sus estudios pictóricos que se ve obligada a luchar contra su propio medio que, inevitablemente, la atenaza. Sin embargo, piensa comenzar en seguida otro ensayo sobre El Greco, para llevar a cabo el cual ha decidido, al regreso de su viaje y en posesión de las diapositivas que piensa realizar en Paradas del cuadro de *la Magdalena*, recluirse en un pueblecito del norte de Escocia. Ningún compromiso por tanto con nada ni con nadie.

Tony Mackenzie, al que se ha acercado un camarero de color, no sabe qué tipo de desayuno solicitará Georgina, si el británico o el continental, por lo cual ruega al servidor que espera impaciente ante la mesa que vuelva al cabo de unos minutos. Tony Mackenzie se sentiría un tanto desilusionado de su conquista si en el transcurso de las próximas horas no es capaz de hacer cambiar a Georgina sus planes. Pensaba que accedería a acompañarlo hasta Cádiz. El efecto que causaría en su hermana y en su cuñado favorecería el camino de mejorar su deteriorada imagen, que es lo único que por ahora realmente le importa.

Por fin, Georgina cruza el comedor y se sienta junto a Tony tras besarlo; tierno y dulce beso de esposa enamorada más que de eventual amante, y ante el cual Tony se inclina a pensar que algo en efecto parece haber cambiado gracias a su nunca desmentida capacidad de persuasión con las mujeres y su facilidad de enamorarlas.

—¿Qué tomas?

—*Completo*. ¡Me has dejado esta noche tan cansadita y soy tan feliz que me comería un buey!

Tony sonríe y asiente seguro de haber ganado en parte la batalla de sus sinrazones. Luego, acaricia los cabellos de Georgina y, bajo la mesa, presiona la rodilla a sus muslos. Son las siete en punto de la mañana. Dentro de una hora el *Patricia* quedará fondeado en el muelle de la estación marítima de Santurce.

La villa de Bilbao se encuentra tomada por tercios de la Guardia Civil y fuerzas especiales antidisturbios. En cada avenida, en cada malecón, en cada calle, en cada esquina, en cada astillero, en cada fábrica, en la puerta de cada edificio público, de cada entidad bancaria, los *jeeps* y los autocisternas aguardan expectantes la explosión de una nueva algarada ciudadana. Los comercios se encuentran con los cierres echados, cerrados los restaurantes, los bares, las tabernas, las cafeterías, los círculos y los casinos. En la urbe industrial se respira un aire hostil de tigre acorralado.

Huele a hierro oxidado, a hollín, a manganeso, a carbón de cock, a agua estancada y a pólvora. El cielo limpio —en la medida de su polución— es cruzado a intervalos por grupos de helicópteros que vuelan y sobrevuelan una y otra vez la ría, y en las entradas y salidas de las autopistas los automóviles son detenidos para solicitar la documentación de cada pasajero. Tenso cual el acero de sus altos hornos, Bilbao vive horas dramáticas.

El Jaguar X-J, 6 litros, matrícula GGT 4434 no deja, por muy británico que sea y muchas esterlinas que puedan gastar sus ocupantes durante sus visitas turísticas, de ser una excepción, por lo que una vez cruzados por fin todos los controles a que es sometido, tanto Tony como Georgina, por distintos motivos, la una por histérico pavor frente a las armas de fuego, el otro por la no descartada posibilidad de un cacheo que pudiera delatar la presencia de su botín, se sienten aliviados tras cruzar el desfiladero de Pancorvo, ya en tierras de Castilla, desde donde el coche, sorteando camiones y adelantando caravanas, a ciento cuarenta kilómetros por hora, prosigue su endiablada marcha hacia la capital de la espléndida y doliente España.

«Los Galindos»

Iban entrando uno a uno y las paredes desangradas no eran de mármol frío. Entraban innumerables y se saludaban con los sombreros. Demonios de corta vista visitaban los corazones. Se miraban con desconfianza. Estropajo yacían sobre los suelos y las avispas los ignoraban. Un sabor a tierra reseca descargaba de pronto sobre las lenguas, y se hablaba de todo con conocimiento.

VICENTE ALEIXANDRE
Pasión de la tierra

4

Según sir Godfrey Leighton, embajador de Jorge V
en la Corte de Alfonso XIII, el hotel Inglaterra, de
Sevilla (ciudad que frecuentara asiduamente durante
su mandato, visitas directamente relacionadas con la
vigilancia de los intereses británicos en las minas de
Riotinto, cuya producción había sido duplicada por
imperativos de la Gran Guerra) era una auténtica joya
de la arquitectura andaluza, pese a que fuera cons-
truido en el último cuarto del siglo XIX, y si su *confort*
no resultaba ejemplar comparado con el de otros grandes hoteles europeos, en cambio su servicio era impecable y su heterogénea decoración sólo superada por
los palacetes coloniales de la India.

Patios, jardines, azulejos, palmeras, macetas de as-
pidistra y hortensias, lienzos, estatuas, jazmineros, buganvillas, rosales, frescos y umbríos corredores, encaladas alcobas y, en primavera y verano, lentos y
silenciosos ventiladores colgados de los cielorrasos, aco-
gedoras saletas amuebladas de consolas y mecedoras,

y los blancos sillones de mimbre de las terrazas y de las aceras del pórtico de entrada al zaguán presidido por el unicornio encadenado y el león rampante abrazando las jarreteras celestes bajo el yelmo y la corona imperial sobre la legendaria divisa, *Dieu et mon droit* del escudo de la patria.

«Un suceso que pudo tener consecuencias dramáticas y que, gracias a mi intervención, terminó por quedar transformado sólo en pintoresca anécdota, acaeció durante mi última visita —cuenta en sus memorias sir Godfrey Leighton, y continúa— al intérprete del hotel, John Morrison, un londinense de Bromley que acabó dando definitivamente con sus huesos en Sevilla, donde había llegado como auxiliar administrativo de la compañía de aguas denominada de *Los ingleses*, empedernido bebedor y muy popular en todos los medios sociales de la ciudad, le tocó el premio gordo de la lotería. Su euforia ante tan inesperado y feliz acontecimiento sólo se correspondía con el odio que, en secreto y al parecer por las humillaciones sufridas, guardaba al director del hotel, también compatriota. Su alegría, unida a la gran borrachera que tomó al enterarse por uno de los diarios matutinos de la ciudad de su buena suerte, que le convertía de la mañana a la noche en un hombre rico, hizo que se le ocurriera alquilar todos los simones de punto, casi una veintena, que tienen su parada habitual en la plaza Nueva, donde se alza el edificio del hotel. Montado en el pescante del primero de los coches de caballos que abría la marcha de la larga procesión, el *mister*, como era cariñosamente llamado, comenzó a dar vueltas a la plaza. Cada vez que pasaba ante la puerta del hotel, en pie, a todo pulmón y dando cortes de manga, gritaba: *¡A hacer puñetas, que al* mister *le han tocado cien mil pesetas!*

»Pero cual no sería la desilusión del infeliz John Morrison cuando se enteró al cabo de unas horas que un amigo suyo, cajista de la imprenta del periódico *El Liberal*, conociendo el número que jugaba en la lotería, le había adjudicado intencionadamente el premio, cambiando en la lista un par de cifras al del verdadero premio gordo. Avergonzado y a punto de suicidarse por haber hecho el ridículo y, lo que es peor, perdido el empleo, mi intervención le salvó de ambas cosas. Hablé con el director, le hice ver que, al fin y al cabo, el suceso no sólo no desprestigiaba al hotel sino que le hacía una inesperada publicidad que se comentaría en Londres y saldría incluso en las páginas de humor de *The Times*; que gracias a él muchos compatriotas querrían conocer personalmente al extravagante John y que cientos de turistas llegarían a hospedarse en el hotel la siguiente primavera. Aunque no logré convencerlo, admitió, sin embargo, de nuevo en su empleo al popular *mister*. Me dijo: *Sir, su excelencia es el embajador de Su Majestad y una insinuación suya es para mí una orden aunque mi honor quede malparado.*

»Parece ser además —continúa en sus memorias sir Godfrey Leighton— aunque algunos historiadores locales lo sitúan en la calle O'Donnell y a menos de veinte yardas, que en el solar donde se construyera el hotel se alzaba antes el palacio residencia de don Francisco de Bruna y Ahumada, caballero de la Orden de Calatrava y Oidor Decano de la Audiencia Territorial de Sevilla que, aunque hombre de la Ilustración, era de una feroz crueldad con los forajidos y ofreciera mil ducados a quien entregara vivo o muerto al célebre bandolero Diego Corrientes —*el que a los pobres socorre y a los ricos avasalla*— pregonando su cabeza en un edicto fijado en letra impresa en todos los lugares públicos de los distritos de su jurisdicción.

»Al cabo de unos días y caída ya la tarde se presentó en el palacio un hombre en traje campero solicitando perentoriamente audiencia, dada la importancia del grave negocio que lo traía. Fue recibido sin dilación por el caballero de Calatrava.

»—¿Es cierto, señor —dijo el desconocido al Oidor— que entregará mil ducados al que consiga presentar vivo o muerto a Diego Corrientes?

»—Cierto. Ha sido publicado en un Real edicto.

»—¿Y si fuera yo quien se lo presentara, no tendría dificultad en cobrar?

»—¡Ninguna!

»—¡Venga el dinero!

»—¿Sin entregar antes al bandido?

»—Yo soy Diego Corrientes —exclamó el desconocido amartillando sus dos pistolas—. ¡Los mil ducados, y pronto!

»El Oidor de la Audiencia puso en manos del salteador las mil relumbrantes onzas de Carlos III. Tras recibirlas, Diego, haciendo una profunda reverencia, tomó la puerta, montó en su yegua alazana que había dejado en el callejón próximo al palacio, y huyó a galope dejando burlado y atónito a la primera autoridad de Sevilla.

»Diego Corrientes fue capturado en un huerto de la ciudad de Olivenza (Extremadura) que aún pertenecía a Portugal, y ahorcado un viernes de Cuaresma, violándose con su ejecución una de las más viejas leyes españolas dadas por Alfonso X el Sabio a los Adelantados Mayores de su Reino.

»Muchas otras historias de bandoleros, ladrones y asesinos me ha contado nuestro cónsul general en la ciudad, gran aficionado al tema. No pasa, según él, mes alguno, aún en nuestros días, en que no se cometa un nuevo asesinato en un cortijo del gran latifundio. ¡Bella, noble, hospitalaria y extraña tierra! —termina Sir Godfrey. Y añade, transcribiendo a Lacassagne—: ¿Qué tiene este país en su estructura y en su peculiar organización social que permite la forma de bandolerismo y la delincuencia que necesita y merece? Qué gran fatalidad su disposición geográfica que hace imposible una red de comunicaciones que uniera en vez de separar hombres y comarcas.»

También Benjamin Godfrey Leighton, el «honrado» financiero de la city y abuelo de Georgina, se hospedó en el hotel durante la visita que hiciera a la ciudad con motivo de la Exposición Iberoamericana en 1927, pero no ha dejado escrito ningún testimonio de su viaje, lo que no impide sin embargo asegurar, gracias a los recuerdos de personas que lo conocieron en el círculo de la colonia inglesa, muy numerosa por aquellos años, que fueron no pocas sus extravagancias e innumerables sus aventuras amorosas en Sevilla, donde permaneciera tres meses, quedando pocas bailaoras de fuste dejando de pasar por su *suite* y pocas jóvenes marquesas de recibirle en sus propias alcobas. Hasta tal punto le ganaron la tierra y su gente a Benjamin Godfrey Leighton que estuvo a punto, aconsejado por Fernando Villalón, el poeta-ganadero, de comprar una dehesa. Idea que descartara pronto debido a su insobornable sentido práctico.

El penúltimo Leighton que se hospedara en el Hotel Inglaterra fue Nick, padre de Georgina, pero involuntariamente y debido sólo a los azares de la II Guerra Mundial. Habiendo salido de Gibraltar en vuelo hacia Malta, su aparato fue atacado por aviones italianos a los pocos minutos de despegar del Peñón, lo que le obligó a internarse en territorio peninsular, siguiendo más tarde el curso del Guadalquivir y sobrevolando Sevilla donde fuera recibido por el fuego graneado de la defensa antiaérea, de la que pudo milagrosamente librarse logrando aterrizar en el aéródromo militar de Tablada, donde quedara internado, pasando sus tripulantes a hospedarse durante una semana en el Inglaterra, mientras se recibían órdenes con respecto a su situación.

Nick Leighton contaría a su madre de regreso a Londres que la vida de la ciudad era dantesca en su miseria durante la postguerra civil. Pese a este estado de cosas, los señores feudales del campo andaluz, los grandes latifundistas, los dueños de los olivos y la tierra calma, de los arrozales y de las ganaderías, continuaban exhibiendo impúdicamente sus landós, sus *jardineras* y sus charrés empavesados; jineteando sus lustrosos caballos, tentando en sus dehesas toros de lidia, organizando orgías nocturnas en sus casas palacios; tirando al pichón y al plato, corriendo llebres; jugándose los frutos de sus ganancias en el mercado negro, en los tapetes de los círculos de recreo y de los *clubs*, y frecuentando el burdel de más solera de la ciudad, la casa de *La Madrid* a la que se dice acudieran durante sus respectivas visitas a Sevilla, en distintas épocas, desde el Príncipe de Gales al Conde Ciano.

Sentada en un sofá color fucsia, frente a una mesita lacada del *hall* —donde ha dispuesto sus cámaras fotográficas, el trípode plegado y los flashes—, de un hotel Inglaterra levantado de nueva planta en su antiguo solar y que no es ni sombra del que fuera, pese a haber ganado en el *confort* que echara de menos sir Godfrey, Georgina Leighton, con un tintineante vaso de escocés en una mano a pesar de ser sólo las diez de la mañana y uno de sus últimos cigarrillos Rothmans en la otra, espera impaciente a Tony Mackenzie que, cuando ella abandonara hace casi media hora la habitación tras hacer sus maletas, se encontraba aún en el baño para disponer cuidadosamente una vez más entre su pecho y su vientre el sobre con las esterlinas.

Juntos han permanecido —como había sido previamente planeado— dos días en Madrid; juntos, visitado Toledo. Juntos, felices, satisfechos, casi enamorados en la medida de sus limitaciones sentimentales, cruzado el desfiladero de Despeñaperros —el más importante de Europa, según Reclus—, puerta y zaguán de Andalucía, donde los graníticos bancos de verticales escarpas se elevan como bastiones y sobre los que los líquenes forman inmensas manchas anaranjadas irisando el gris ceniciento de sus rocas en las que, cuando su vegetación encuentra posibilidades de desperezarse, aumenta la policromía del conjunto litológico en el que se recortan los fresnos, los robles, los enebros, las adelfas, las madroñeras y los acantos que ocultan las prehistóricas cuevas, cuartel general que fueran del bandolerismo dimanado de la propia constitución social de un país que aún no ha perdido su tradición popular de pólvora, afilados aceros y sangre, aunque revista ya otras formas, no por sutiles menos violentas, de lucha contra el poder del latifundio, bozal y grillete de su desarrollo y de su identidad.

En Córdoba, Georgina y Tony han visitado la Mezquita, desde el Mihrab hasta la Puerta del Perdón y en Sevilla todo su conjunto monumental, incluyendo el Museo de Bellas Artes donde se encuentra el único lienzo, *Retrato de mi hijo*, a que tiene acceso el público, de El Greco, en cuanto los otros dos, un apóstol y un crucificado, son propiedad particular de la marquesa de Valencina y de los Sánchez Bedoya y, difícilmente —de conocer su existencia—, los hubieran podido contemplar de no haberse previamente puesto en contacto con ambas familias, lo que demuestra una vez más la ignorancia de Georgina, pese a creerse una verdadera especialista de la totalidad de la obra del pintor, y pone de manifiesto lo absurdo de su viaje al desconocer la existencia de dos piezas maestras.

Al volante Tony Mackenzie, no menos diestro pero sí paradójicamente menos temerario que Georgina, el Jaguar enfila, al terminar la autopista de salida de la ciudad, la carretera nacional 334, antigua calzada romana y único nexo interior entre la Andalucía atlántica y la mediterránea, para cubrir los treinta y cinco kilómetros que lo separan del objetivo final.

Palmeras, naranjos, limoneros, flores en los ribazos; una trinitaria repta en las piedras doradas de un palacio almenado. Y, de nuevo, el latifundio, inmenso como la mar, terrible, solitario, salpicado sólo muy de tarde en tarde por las blancas cales del caserío de un cortijo y las acacias y eucaliptos que bordean la carretera tirada a cordel, recta como los llanos de la Mancha, que Georgina contempla recordando —como le sucediera al cruzar Despeñaperros— a Cook (*Sketchs in Spain*) y a Richard Ford (*Gathering from Spain*), los dos libros sobre España que se conservan en la biblioteca de Montagu Place. ¿Acaso no son éstas las tierras cabalgadas desde su refugio de Sierra Morena por José María Tempranillo, *el bandido generoso*, como los solitarios olivares de Bailén y Andújar, que atravesaran tres días atrás, fueran los de Diego Corrientes? Pronto, sin embargo, su entusiasmo por alcanzar al fin la meta de su viaje le hace olvidar los legendarios personajes de la España trágica, los Robin Hood andaluces que, junto a sus crímenes, sus desmanes y su halo romántico pasaron para siempre.

Ahora le llega el olor de Tony, el olor de macho en celo de Tony, que se une al perfume de la loción facial y, junto al de Nina Ricci, el de su propio olor de hembra también en celo. Georgina Leighton, a pesar de encontrarse a sólo unos contados kilómetros de su objetivo, se siente un tanto melancólica por tener que verse obligada esta misma tarde —y son las once y veinte de la mañana— a separarse del hombre junto al que visitara la Córdoba milenaria, cogidos en ocasiones de la mano como adolescentes.

Silencios. Largos silencios ¡tan británicos! Tampoco Tony habla. Contempla ella extasiada su perfil, mitad de Apolo mitad de centurión. ¿Sería acaso físicamente como él el soldado que sedujo a la bella patricia griega? Pero ahora ya sabe que en él todo es falso. Juraría que todo es falso, quizá incluso su nombre. ¿Importa acaso? ¿No ha vivido las más disparatadas aventuras con hombres de todas las razas y de los más heterogéneos estamentos sociales? A la hora de hacer el amor lo único que verdaderamente cuenta es hacerlo bien. ¿No estuvo incluso a punto de casarse con un negro? Cientos de aventuras, pero todas sin embargo con hombres frente a los cuales, por muy rompecabezas que fueran, ella siempre terminaba por ajustar todas las piezas del *puzzle.* En el caso de Tony, no. Le faltan datos para completar su personalidad y, quizá por eso, siente en el fondo separarse de él sin desvelar sus claves.

El Jaguar dejar por fin atrás la travesía del Arahal, cuna del bandolero Antonio Jiménez Rodríguez, *Niño del Arahal*, que, junto a *Pernales*, encontró la muerte frente a la Guardia Civil en agosto de 1907, y al que Chapman y Duck dedicaran un capítulo de su libro *Unexplored Spain*, que a pesar de encontrarse también en la biblioteca de Montagu Place, Georgina desconoce. El Arahal, con sus casas encaladas, sus naranjos y sus tabernas, donde en 1884 tuviera lugar la primera sublevación de los espartaquistas andaluces, y donde, a la sombra de los chaflanes, se sientan los hombres matando las horas de su falta de trabajo o afanes. O ambas cosas a un tiempo.

Según el plano de carreteras de la *Guía Michelin*, Paradas se encuentra ahora a cinco kilómetros mal contados, a la izquierda y justamente en el segundo cruce.

La villa de Paradas —según el *Diccionario Geográfico Estadístico-Histórico de España*, Pascual Madoz, Madrid, 1840— pertenece al Partido Judicial y Vicaría de Marchena, y se encuentra situada al oeste de ésta en una explanada que se eleva cuarenta y cinco varas sobre el terreno que la rodea si se contempla por los lados este, norte y oeste. Su clima es benigno y seco. Tiene cuatro mil ocho casas, la mayor parte de las cuales son muy malas, cuarenta y tres calles, dos plazas, dos fuentes, una en las inmediaciones del pueblo y de agua muy apreciable y abundante, y otra salobre a distancia un poco mayor; teniendo una de ellas un espacioso pilón de sillería donde puede beber con desahogo un escuadrón de caballos. Casa consistorial y cárcel. Pósito con dos mil fanegas de trigo, en parte incobrables, y algún dinero. Iglesia parroquial de San Eutropio servida por dos curas propios de primer ascenso, un vicario perpetuo, cuatro beneficiados y diez presbíteros; tres ermitas, una dentro de la población, y otra a la distancia de doscientos pasos, y la tercera a media legua. El terreno es llano en su mayor parte y de buena calidad, compuesto de cuarenta y cinco mil fanegas de tierra. La correspondencia se recibe de Carmona por los valijeros tres veces por semana. La producción es de trigo, cebada, habas y yeros de buena calidad y abundante, sembrándose además otras semillas de poca importancia. Todo sin excepción, sin embargo, puede ser cultivado en el término. La cría de ganado es muy corta y se reduce al vacuno, lanar, caballar, de cerda y cabrío. La caza consiste en liebres, conejos y perdices abundantes.

Breves, pero actualizadas, son las líneas que de Paradas nos ofrece el *Espasa*: «Villa de Paradas (paradeños), mil ochocientos ochenta y nueve edificios y albergues. Siete mil quinientos habitantes. Partido judicial de Marchena. Diócesis de Sevilla. Terreno muy llano bañado por afluentes del Guadiamar.»

Según los datos facilitados por el Ayuntamiento de

la villa —los más recientes dentro de sus intencionadas limitaciones que excluyen el más mínimo dato sociológico— Paradas tiene sus remotos orígenes en las antiguas colonias romanas, habiéndose hallado restos arqueológicos en la fuente de Paterna. Fundada el 1 de febrero de 1460, durante el reinado de Enrique IV, por Juan Ponce de León, duque de Arcos, marqués de Cádiz y Sevilla y señor de Marchena, en el año 1670 fue instituido su marquesado y obtuvo la independencia de Marchena, de la cual dependía, en abril de 1781, bajo el reinado de Carlos III. Geológicamente su terreno pertenece a la era secundaria, su altitud media es de ciento veinte metros y su temperatura máxima en verano de cuarenta y dos grados a la sombra y en invierno de uno sobre cero la mínima. Jardines con rosaleda. Silo del Servicio Nacional de Cereales. Cuatro entidades bancarias. Museo Parroquial con valiosos tesoros y un cuadro de la *Magdalena*, del Greco. Patrón de la villa, San Eutropio. El origen del patronazgo tiene su raíz en un hecho de armas favorable al duque de Arcos en el siglo diez y siete en La Rochela (Francia); en conmemoración, puso la villa por él fundada bajo la advocación del santo de aquella región francesa.

Cuando el Jaguar aparca por fin en la plaza sembrada de naranjos de la iglesia de San Eutropio, frente a la portada plateresca y a la derecha de la cruz de cerrajería, son las doce menos cuarto de la mañana en el reloj de la torre de la basílica. Exteriormente, la colegiata no llama en absoluto la atención de Georgina y menos aún la de Tony, pese a ser un espléndido edificio de mediados del siglo XVI, enjalbegado de color almagra y añil y decorado con soberbios azulejos holandeses.

Las puertas de la parroquia se hallan aún abiertas; acaba de celebrarse una misa de *corpore insepulto* y las dos campanas, que tanto han de plañir pasado un año por cinco muertes, por cinco crímenes perpetrados en el camino viejo de Carmona, parecen temblar aún como hojas al viento después de haber doblado al finalizar los oficios religiosos por un difunto con la comitiva de cuyo entierro se cruzaran al pasar ante el camposanto situado a la entrada a media milla larga de la villa.

Las cinco naves de la iglesia se encuentran silenciosas y desiertas, aunque velas y cirios permanezcan aún encendidos. A derecha e izquierda del presbiterio, una Dolorosa y una virgen de los Remedios, una santa Faz y una santa Ana. A lo largo de los lienzos de fábrica se levantan otros retablos con esculturas vestidas o policromadas. Del coro, cerrado por una verja de forja, aún parece escaparse el aire en los tubos de estaño del órgano que también, así que pase un año, ha de tocar en el funeral de los cinco asesinados del cortijo «Los Galindos». En el sagrario, una Inmaculada de la escuela de Montañés y una virgencita de las Mercedes vestida de raso blanco.

Colgados de todas las paredes, cuadros de regular tamaño entre los que Georgina, impaciente, no logra

106

descubrir el lienzo de la *Magdalena* por lo que decide finalmente, presidida por Tony, entrar en la sacristía donde son informados de que el cuadro de El Greco se encuentra en el museo de la parroquia y que para contemplarlo, y más aún fotografiarlo, como según parece pretenden, es necesario pedir autorización al párroco que se encuentra ya en su casa tras haber celebrado un funeral; por lo que se les ruega —dice el sacristán— esperen que vaya a buscarlo; que don Jesús con mucho gusto los atenderá, otorgándoles el permiso de la visita y sirviéndoles de cicerone.

El párroco, abriendo puertas y encendiendo luces, propone a Georgina y a Tony, si es que lo prefieren, hablar en inglés, lengua que, aunque regularmente, conoce por haber sido su padre administrativo de la sucursal del Lloyd's de Londres en Bilbao, contestándole Georgina que prefiere lo haga en castellano.

Así de manera que el cura, don Jesús Remírez Mureta, buen cicerone y mejor conocedor del minúsculo museo parroquial, prosigue su salmodia sobre antiguas casullas dalmáticas, pendones y estandartes bordados en oro, varales de plata, libros de bautismo y viejos pergaminos —algo que no interesa en absoluto ni a Georgina ni a Tony pero que escuchan por cortesía— y que se hallan expuestos en la antecámara de la sala exclusivamente dedicada al cuadro de la *Magdalena*, en la que al fin acaban por entrar con el mismo recogimiento que lo harían en un santuario.

Verdes cúpricos y azules tormentosos; rocas chorreantes, ramas de enredadera, una calavera y una pequeña ánfora de cristal. En escorzo, las manos cruzadas sobre el regazo, claros los ojos, sensuales los labios, los cabellos rubios cayéndole hasta la cintura y la mirada ausente, Magdalena, la pecadora, en éxtasis.

Georgina Leighton se extasía también frunciendo ceños al engurruñar los ojos —mientras le tiemblan las aletas de la nariz y aprieta entre dientes los labios— para contemplar mejor el lienzo, antes de preparar cámaras, trípodes, filtros, objetivos y flashes —sin escuchar las explicaciones del párroco sobre la historia del cuadro, tan popular desde que fuera llevado a la Exposición Internacional de Bruselas— y quedar transfigurada en una ordenada, silenciosa y dinámica profesional de la fotografía que, tras su orgasmo artístico, dispone luces, prepara encuadres, suaviza sombras y tira una tras otra placas y, uno tras otro, rollos de película hasta el cabo de veinte minutos de paciente y silencioso trabajo, quedar satisfecha y convencida de que ha conseguido su propósito de captar toda la misteriosa belleza del lienzo.

Y, tras cumplir por fin su objetivo, la prisa que la devuelve de nuevo a su pragmatismo, al encontrarse ya sin otra cosa que hacer en un cálido y ardiente sur del que quiere cuanto antes huir, por lo que, olímpicamente, como la legendaria Boadicea británica, saca de su billetero de piel de cocodrilo un billete de cinco libras que entrega al asombrado párroco como pago por las molestias causadas, tras lo cual indica a Tony que le ayude a recoger sus bártulos y, casi sin despedirse, abandona primero —seguida de su estupefacto y circunstancial *boyfriend*— museo parroquial y basílica, y sólo cinco minutos más tarde, el centro urbano de la villa.

El lienzo de la *Magdalena* fue acuchillado el día 22 de julio del año 1936, curiosamente la misma fecha del día de los crímenes treinta y ocho años más tarde, y jornada de luto tanto en Paradas como en El Arahal. No sólo el cuadro de la *Magdalena* sufrió las consecuencias de las pasiones desencadenadas por ambos bandos contendientes aquel trágico verano; cálices esmaltes, custodias, relicarios e incunables fueron destrozados en aquellos días de estío, en los cuales parece como si todos los demonios del Mediodía hubieran desencadenado una ofensiva entre los hombres y las cosas; bíblica maldición que todos quieren olvidar como un mal sueño, apocalípticos caballos de guerra que empaparon la tierra de sangre por un lado y asolaron por otro el patrimonio artístico y cultural de ambos pueblos.

Resulta inexplicable —y pone de manifiesto el fanatismo y la cerrazón de aquellos días— que cuando el cuadro fuera restaurado meses más tarde, se exigiera del restaurador —persona por otro lado incapacitada para realizar un trabajo de aquella envergadura— que cubriera el seno al aire de María Magdalena con un velo: veladura torpemente realizada por inexpertos pinceles que le ha restado al lienzo todo su simbolismo religioso y buena parte de su expresividad artística.

No hay apenas palabras tras dejar atrás los arrabales y ya en el cruce de salida del pueblo. Aunque Georgina, al volante, intenta seguir al pie de la letra las instrucciones de la *Guía Michelin* para dirigirse a Córdoba, Tony pregunta sin embargo a un guardia urbano el camino más corto que resulta ser —distante veinticinco kilómetros— el de la carretera vieja de Carmona, llamado también de Paterna y del Palomar, recién asfaltada, y donde han decidido almorzar en el parador nacional de turismo, de hallarlo ya inaugurado.

Olivos y trigales. A la izquierda y derecha, olivos, trigales y chumberas. Frente a ellos, el trigo y el olivo, y olivos a sus espaldas. Olivas sin recoger, trigo a medias ya recolectado. El viento de poniente, que tremola las hojas y cela el horizonte, levanta remolinos de polvo y briznas de paja al cruzar el paso a nivel del ferrocarril Sevilla-Málaga. El sol de las dos de la tarde reverbera las espigas aún en las parvas, las aceitunas todavía verdes y el fruto, verde también aún, de las chumberas. Huele a estiércol, a gasoil y a melones tempranos cuando el Jaguar se detiene inesperadamente, tras un leve suspiro de puma herido en el corazón, al final del repecho de un suave altozano a la altura del caserío del cortijo que se alza a la izquierda al fondo de un camino de albero orillado a medias de acacias donde, en las hazas cereales, una cosechadora recolecta un dorado trigal. «La bobina», dice Georgina mientras hace girar inútilmente la llave de contacto. Pero no basta levantar el *capot* para comprobar que se trata en efecto de la bobina, hay que tomar una decisión; por lo que bajo los reflejos de un sol más de azogue que de plomo, Tony, mientras Georgina espera en el coche, se dirige parsimoniosamente a la vereda de albero apisonado, donde el viento hace susurrar las hojas de los árboles; para alcanzar el caserío del cortijo y solicitar ayuda. ¡Perra suerte!

Contemplándolo alejarse de espaldas, a Georgina su silueta le recuerda la del típico forastero del cinema americano sin imaginar que, pasado un año, el cortijo que vislumbra a lo lejos se convertirá, por culpa de la avería de su automóvil, en un verídico y trágico escenario del Oeste. Perra suerte, en efecto.

5

EL CORTIJO «Los Galindos» comprende cuatrocientas hectáreas de superficie cultivable bajo una misma cerca —olivar y tierra calma—, gran caserío de dos cuerpos con vivienda para los propietarios, armónico patio rectangular de veinte áreas de extensión, enlosado de olambrilla, cuadras, garajes, casa de máquinas, báscula para vehículos pesados, muelle de carga y descarga, administración, guardería del capataz, cobertizo, empacadora, tanque subterráneo de gasoil con elevador automático y taller de reparaciones de todo tipo de vehículos agrícolas que mecanizan el ciclo completo de las labores, exceptuando en parte el olivar, el algodón y la remolacha. Se trata de un antiguo predio desamortizado de bienes eclesiásticos que, en el transcurso de algo más de un siglo, ha pasado por las manos de distintos dueños absentistas cuyos nombres se niega a facilitar el Registro de la Propiedad y el Ayuntamiento de la villa, no se sabe si, como aseguran los más viejos del lugar, porque el cortijo oculta una singular leyenda donde se cruzan a lo largo de los años bandolerismo, crímenes, usuras, suicidios, secuestros, estraperlos, guerrilleros y curiosas leyendas sobre aparecidos, fantasmas y fenómenos magnéticos, o sus apellidos se corresponden con algunas de las trescientas grandes familias que detentan el gran dinero, la sangre, el poder o las tres cosas a un tiempo en Andalucía.

Sea como fuere, lo único realmente cierto es que la hacienda fue adquirida en 1950 por Francisco Delgado Durán, de veinte años, que se presume testaferro de sus padres, Manuel Delgado Jiménez y María Durán Lázaro, ambos vecinos de Madrid, y que, tras su muerte en accidente automovilístico en las inmediaciones de Lisboa el 19 de febrero de 1969, la finca fue heredada por sus progenitores que la cedieron a su hija, propietaria de otras grandes haciendas: Majalimar, en Constantina; Baena en el Aljarafe y Vercel en Utrera, casada con Gonzalo Fernández de Córdoba y Topete, marqués de Grañina.

El ciclo agrícola de «Los Galindos» se corresponde con el de otras grandes explotaciones de la zona del gran latifundio de Andalucía occidental formado por un triángulo escaleno cuya hipotenusa está limitada por Écija y Jerez —aunque por el norte se extienda hasta la afluencia del Genil en el Guadalquivir, a la altura de Palma del Río y por el sur al pantano de Guadacacín— y cuyos lados convergen en Sevilla. Olivos, cereales, oleogaminosas, algodón egipcio —sólo en regadío— o americano y remolacha azucarera son sus cultivos más frecuentes.

Pese a tan amplia geografía, para cualquier visitante foráneo de la región que recorriera todos los caminos, trochas, veredas y carreteras del triángulo —tan extenso como el Ulster y algo mayor que Córcega—, la zona que estimaría socialmente más deprimida sería sin duda la que cruzan las carreteras 339 (Carmona-Fuente de Andalucía-Marchena) y la 333 (Écija-Utrera, que atraviesa El Arahal y cuyo vértice es Paradas). Ciento veinte kilómetros de largo por casi setenta de ancho, sin un solo enclave urbano y donde las fincas, registradas a nombre de propietarios absentistas que tienen sus residencias en Madrid, Sevilla y Córdoba, alcanzan superficies cultivables —no siempre cultivadas— de hasta cinco mil hectáreas, en ocasiones bajo una misma cerca.

Frente a ella, «Los Galindos» no es una finca *desproporcionada* si la comparamos con otras muy próximas, por ejemplo «Las Catorce», y de buena parte de las cuales son propietarios de siempre la vieja aristocracia; a partir de la Desamortización, la alta burguesía madrileña y sevillana; desde 1940, la gran burguesía industrial de Cataluña, Valencia y el País Vasco, y desde 1950 algunos extranjeros: belgas, italianos e ingleses.

«Los Galindos» es, por tanto, sólo una hacienda más del latifundio, sin particular relieve por su extensión (como tampoco lo es —comparativamente— el término de Paradas donde el mayor propietario posee *sólo* ochocientas cuarenta y seis hectáreas) y lo suficientemente racionalizadas para que basten para su explotación una decena de trabajadores semifijos.

Singulares historias y leyendas, en efecto, de bandoleros, asesinos, usureros, fantasmas, suicidas, secuestradores, estraperlistas, guerrilleros y visionarios, han rodeado siempre de un halo de misterio la hacienda en particular y el predio agrícola entero en general, desde Paradas a Carmona, aunque sólo de algunas hayamos logrado obtener informaciones dignas de crédito. Por estas tierras, a lo largo de la vega, siguiendo el Camino de los Tunantes —cuyo nombre es ya de por sí lo suficientemente elocuente— cabalgaron desde Diego Corrientes al *Tempranillo*, Juan Caballero y *el Niño del Arahal*; desde *Abaitos* al *Niño de la Gloria*; y desde *Pernales* al *Vivillo*, pasando por *Perdigón*, *Campero* y *Soniche*. La mayoría de ellos encontraron la muerte frente a los escopeteros de los Corregidores o la Guardia Civil.

El capataz de «Los Galindos», Manuel Zapata Villanueva —blusa y pantalones de patén, botas de elástico y gorrilla campera—, ex legionario, ex guardia civil, arroja la punta del cigarrillo de picadura que se encontraba fumando mientras hacía una cuenta de jornales y sale al patio del cortijo; atraviesa el arco del segundo cuerpo del caserío y cruza el cono de sombra que proyectan las acacias para dirigirse a la báscula donde espera ser cargado un remolque agrícola.

Manuel Zapata Villanueva, cazurro e impasible, con veintidós años a la espalda contemplando los mismos horizontes del predio, diez de vigilancia en carretera como miembro del instituto Benemérito y tres de Tercio, vista de gato garduño y corazón de jabalí, advierte con una sola ojeada al camino de albero de entrada a la finca que un extraño, quizá un vagabundo llegando como llega a pie, ha entrado en la hacienda.

Manuel Zapata Villanueva se detiene al filo del muelle de carga y descarga y, tomando una vareta de acebuche de las que se apilan junto a la báscula, saca su navaja de doble muelle y comienza a sacarle punta lentamente siguiendo una costumbre que practica desde niño en su pueblo extremeño de Calera de León, de donde saliera por vez primera en la vida para hacer la guerra, mientras espera la inminente llegada del desconocido.

Manuel Zapata Villanueva sabe —como sabe también que en el alza de tiro de un máuser modelo 1892 un infante se *ve* a distancia de un kilómetro a escala de un milímetro— que el forastero se encuentra a menos de cuatrocientos metros, pasada ya la cadena que prohíbe la entrada a toda persona ajena a la finca, que camina a buen paso aunque lo haga bajo el sol, y que se trata de un varón, delgado y de buena estatura. Manuel Zapata Villanueva sabe asimismo que si alguien entra sorpresivamente en «Los Galindos» es porque llega —y sobre todo a esta hora— por algo muy concreto y, sin duda, urgente, o por una emergencia; de forma que, remoloneando un quiebro de impaciencia, espera su aparición en el caserío.

—Buenas tardes —saluda Tony Mackenzie al acercarse a Manuel Zapata que advierte en el acto que el desconocido es extranjero, lo que le hace utilizar en sus respuestas un inhabitual tono de cordialidad.

—Venga con Dios.

—Perdone.

—Nada hay que perdonar. ¿Qué le trae por este pago?

—La perra suerte.

—Perra, sí, con estos soles —reafirma el capataz—, ¿un percance?

—Una avería en el automóvil.

—¿Algo serio?

—La bobina, hemos de suponer.

—¡Carajo, la bobina! ¿Viene solo?

—No.

—¿Dónde ha dejado el coche?

—En la carretera, frente a la entrada.

—Suda como un mastín. ¿Quiere refrescarse?

—Gracias, no es preciso. Lo que deseo es que nos remolquen al pueblo, si es posible, abonando el importe, por supuesto.

—¿Seguro que se trata de la bobina?

—Eso creo.

—Pues aunque en Paradas la tuvieran me temo que a esta hora esté el taller cerrado.

—¿Qué me aconseja entonces?

—Remolcar aquí el coche, lo mismo es un cable suelto.

—Gracias.

—No hay por qué darlas. Voy a decírselo al tractorista.

Manuel Zapata invita al forastero a pasar al patio, le indica que espere a la sombra del chaflán y se dirige a la casa de máquinas. Al cabo de unos minutos el capataz sale acompañado de José González Jiménez, un hombre delgado, de mediana estatura, como de edad de treinta años, de complexión escuálida, gafas de gruesas monturas y gestos nerviosos; viste un mono azul, se toca con un sombrero de palma y trae una llave inglesa en la mano izquierda.

—Saca un Land Rover —le dice Manuel Zapata— y llévate un enganche.

—¿Qué coche trae usted? —pregunta José González a Tony.

—Jaguar.

—¿Automático?

—Automático, sí.

—Uno tuvo el señor marqués, y bien le hizo la puñeta.

—A lo tuyo. Tiempo tendrás de demostrar tus habilidades —corta Zapata a José González, jefe de los tractoristas, mecánico, y hombre de confianza en quien delega el capataz cuando se encuentra ausente de la hacienda.

José González Jiménez entra en el garaje, aún rotulado con los azulejos de las antiguas caballerizas, sale conduciendo un Land Rover de doble tracción e invita a Tony a subir a su lado. El coche cruza el patio, da la vuelta a la rotonda, pasa ante la báscula y enfila el camino de albero de entrada al cortijo. Manuel Zapata enciende un cigarrillo y se dirige a la guardería. La brisa —sureña tramontana— silba entre los alambres del toldo de estameña que protege de la calina el porche de la vivienda del capataz. Ladra un perro, y un reclamo de perdiz, prisionera en su jaula, se acoquina en el corredor donde, en la penumbra, se mustian tiestos de helechos y aspidistras.

—Como le contaba —dice ahora José a Tony—, el señor marqués tuvo un Jaguar automático de seis litros; una verdadera maravilla aunque muy difícil de reparar por lo ajustado que viene, sin espacio apenas para trabajar con holgura como todos los coches ingleses. ¿No será el suyo también un seis litros?

—Un equis jota, sí.

—No me extraña entonces nada que sea la bobina, las queman que da gusto. Cómprese un Mercedes como el que ahora tiene el señor marqués.

—De momento, lo que hay es que salir de ésta.

—No se preocupe que no habrá novedad. Lo malo es que se trate realmente de la bobina. No tenemos repuesto en la casa de máquinas.

—Tendremos que ir a Paradas.

—¡Uy a Paradas! Al Arahal o a Carmona. Oiga, pero si este pueblo está muerto.

—¿Muerto?

—Usted tranquilo y no se preocupe. Vamos a ver si hay suerte que a lo mejor se trata de alguna desconexión.

—¡Okey!

—Nada, señorita —dice a Georgina Juana Martín Macías, la mujer de Manuel Zapata—, considérese como en su casa y deje que los hombres se encarguen del coche. Nadie está libre de un percance, y dé gracias a Dios que no tuvieran un accidente. Todo en esta vida tiene arreglo menos la muerte. Y tú —dice luego a Asunción Peralta Montero, temporera agrícola que ha llegado junto a otra docena de mujeres al cortijo para echar una peonada en los maizales y que, al ser novia de José González Jiménez y prima del marido de una de las hijas de Manuel y Juana, se quedará a almorzar en la guardería— vete al mato y corta un par de melones para poner a refrescar.

—¿Es por un casual la señorita francesa? —pregunta Juana Martín a Georgina cuando Asunción, tras cubrirse la cabeza con un sombrero de palma, cruza el corredor, aparta la cortina de estameña y sale al resol del patio.

—Inglesa.

—¿De Gibraltar?

—De Londres. Tiene una casa muy agradable —cambia el tercio Georgina temiendo verse obligada a dar más explicaciones.

—Chica, pero limpia. ¿No tiene la señorita apetito?

—Solamente sed. ¡Este calor!

—Pues este año no es de los peores.

—No, si aquí no se está mal. Me refería al que he pasado dentro del coche.

120

—Póngase frente al ventilador. ¿Le apetece una cerveza?

—Preferiría mejor un vaso de agua.

—Los extranjeros que se dejan caer por aquí con el señor marqués toman siempre el agua con unas gotas de limón.

—Gracias; la prefiero sola, si es tan amable.

—Volando. ¿De forma que vienen de Paradas y van a Carmona?

—Hacia Córdoba, pasando por Carmona.

La casa de máquinas es una amplia y luminosa nave abierta a dos aguas —ochenta metros de largo por veinte de ancho— que ocupa el fondo del segundo cuerpo del caserío al otro extremo del patio empedrado de cantos rodados. La casa de máquinas es también taller completo de reparaciones de todo tipo de aperos agrícolas y donde se alinean remolques, tractores, cosechadoras, mulitas mecánicas, yunques, fraguas, arados de vertedera, sacos de abono, bidones de insecticidas, viejas cangas y maceras y anaqueles donde cuelgan destornilladores, juegos de llaves, terrajas y gatos hidráulicos.

—¡La bobina, sí señor! No queda otra alternativa que ir a buscarla a Carmona. En Paradas no creo que la tengan. Y, antes de las cinco, no hay nada abierto ni en Paradas, ni en Carmona ni en Écija —dice José González.

—Quizá en la gasolinera del cruce —insinúa Zapata.

121

—En el surtidor no tienen repuestos eléctricos —contesta González.

—En fin —pregunta a Tony el capataz—, ¿usted dirá qué hacemos? Caben dos soluciones: o remolcarles el coche hasta Écija para que ganen terreno, y allí se la coloquen, o que Parrilla, otro tractorista que labra un haza en la cerca del Camino de los Tunantes, y está a punto de dar de manos, vaya a buscar la bobina a Carmona cuando terminemos de almorzar, porque ustedes se quedan a comer con nosotros. Son nuestros invitados.

—Es un abuso —contesta Tony.

—Usted tranquilo.

—Mejor entonces que vaya a Carmona con ese tractorista.

—Es lo más indicado.

Fresca y sonriente, como si la avería hubiera perdido para ella ya toda su importancia, aparece Georgina precedida por Juana Martín. Dice:

—Yo iré con él.

—Entonces, no hay nada más que hablar. Como la señorita desee —asiente Zapata—. Le decía a su marido que tenemos mucho gusto en invitarles a almorzar, que hasta las cinco es locura ir a ningún sitio.

No desmiente Georgina el parentesco y se limita a agradecer la invitación haciendo protestas del abuso de hospitalidad.

—¡Qué remedio! Las cosas hay que tomarlas como vienen —filosofa Zapata—. Hoy por ti, mañana por mí. En la vida, nunca se sabe.

—Calle, señorita —tercia Juana Martín—, no vaya a creer que vamos a servirles manjares: gazpacho, una liebre que mató ayer mi esposo de milagro, que mala está este año la caza por estos pagos, y melón. El vino nunca falta, que a éste —señala a su marido— se le hacen los dedos huéspedes con las botellas; aunque usted preferirá mejor cerveza, no?

El sol duro, terrible, implacable de las tres —alto y vertical —cae como un torrente de oro fundido sobre la olambrilla del patio. Huele a rastrojera quemada, a estiércol y a gas-oil. No se mueve una hoja en el camino de las acacias, ni tiembla la veleta de la espadaña —todo cola de gallo cantador, espolones y cresta— y en los medios alcores —lomas terrizas reverberadas por la calina— los olivos, lejanos y cenicientos, ponen la única nota de color junto a la almagra de los pretiles, de los zócalos y de las cales que azulean desde sus albos frontones. Las chicharras, monorrítmicas, dolientes, asierran el cobertizo, tras la báscula, bajo el que se apilan cuidadosamente las pacas de paja recién prensadas. Arriba, a veinte mil pies, en el cielo de junio, pequeño y platino, un reactor cruza norte-sur la perspectiva de fulgores africanos.

En la repisa de la chimenea apagada del comedor de la guardería, bajo un pañito de crochet, se marchitan en una jarra vidriada, un ramo de margaritas amarillas. Juana Martín, en honor de los invitados, ha dispuesto sobre el hule que cubre la mesa un blanco mantel con grecas celestes y sus correspondientes servilletas a juego, y sacado del juguetero de marquetería la vajilla de los días solemnes, la modesta vajilla de loza de las ocasiones señaladas —de Pascuas a Ramos— en que al marqués de Grañina se le ocurre —de llegar solo y no traer servidumbre— que Juana Martín le prepare un guisado de perdigones, codornices o espárragos trigueros según la estación.

El comedor de la guardería es de una sencillez conventual que rompen sólo unos visillos acrílicos, un cromo cazador de Explosivos Riotinto, un frigorífico un televisor de diecinueve pulgadas y un oxidado ventilador incapaz, en su vetustez, de completar en redondo su giro de ciento ochenta grados. Huele a vinagre, a gas butano y a insectida, lo que no impide que las moscas, tercas y remolonas, crucen y recrucen la estancia, de cuyo cielorraso cuelga una lámpara de latón con tulipa de plástico color violeta.

El almuerzo transcurre sin ceremonias, y se habla intrascendentemente de todo un poco en lo que se refiere a la hacienda —que Zapata parece amar como si fuera suya—, del sueldo corto y las jornadas largas, de las soledades de los inviernos, de las calores de los veranos, de las lluvias de primavera y otoño y de los tiempos que corren. Tanto Tony como Georgina se limitan —pese a la insistencia de sus anfitriones— a tomar cada uno dos tazas de gazpacho y un plato de aceitunas, probando apenas y sólo por cortesía el guisado de liebre que transmina un aroma de orégano, romero y tomillo, al parecer demasiado fuerte para sus paladares. Tampoco prueban el vino, dorado y fresco, limitándose a beber un par de vasos de cerveza antes de empezar el almuerzo, lo que llama poderosamente la atención tanto de Manuel Zapata y Juana Martín como de José González y Asunción Peralta. A cambio, elogian el gusto del melón pese a lo relativo de su dulzura y su fragancia.

Clamores de lejanas tormentas, allí donde la costa se muere en los esteros y en los acantilados —San Fernando, Barbate, Chiclana, Trafalgar—. Secas tormentas llegadas del Estrecho que presagian una subida de la temperatura a lo largo de la serranía y de la campiña, tierras bajas y altas a la izquierda del delta, y mayores tensiones en hombres y animales; de la imaginación a la reyerta y de la inquietud a la ferocidad por culpa de la electricidad estática. Un momento crucial para planear una acción o llevarla a cabo, proyectar un negocio o arruinarse en él. Huele a pólvora, sin que haya habido un solo disparo, a sapina y a comadreja.

—Aún no tardan —dice Manuel Zapata Villanueva pasadas las siete, con sordina las campanadas de la torre parroquial de San Eutropio, ante la impaciencia de Tony, mientras visitan juntos las nuevas caballerizas, donde se alinean en las paredes enjalbegadas sillas camperas, galápagos, monturas inglesas, riendas, bridas y adormilados tábanos—. Sólo cinco animales —continúa el capataz señalando dos caballos colinos y tres yeguas tordas—. Y, al cabo, para lo que sirven... Pero un cortijo sin caballos y perros no es un cortijo. Aunque de perros, ya ve, uno solamente, mi perrilla, que no me deja en paz ni a sol ni a sombra. ¡Coño, Morita, no seas pesada! Todo mecanizado. En tiempo, tuvimos en la hacienda hasta tres docenas de colleras de mulas. ¿Le gustan los caballos?

—Verlos ganar en las carreras cuando apuesto por ellos —contesta Tony cavilando una ocurrencia; maligno relámpago de lucidez llegado a su mente por oscuros caminos de quimeras que se esconden en la larga noche de sus ensueños de un último y definitivo golpe que transforme definitivamente y para siempre su vida—. ¡Buena tierra esta que usted regenta, compadre!

Se extraña el capataz ante la familiaridad, aún no compartida.

—Sí que es agradecida. Crece lo que le echen.

—Pues con seis acres de ella nos sobraba para ser los dos millonarios en un año.

—¡Qué cosas! Usted está majara. ¿Cuántos son seis acres?

—Poco menos de tres hectáreas.

—¿Piensa acaso que encontremos un tesoro? —se burla Zapata.

—Un tesoro, sí, exactamente.

—¿Quiere explicarse?

—Tendríamos que contar con hombres de absoluta confianza y probada discreción, como usted.

—¡Si no me conoce de nada!

—Me basta saber que es usted ambicioso, que está

126

mal pagado; que, a sus años, no se le ha presentado aún una verdadera oportunidad, y que fue legionario, como me ha contado; lo cual, aunque no signifique absolutamente nada, es digno de tenerse en cuenta. No le faltarán agallas habiendo estado en la Legión. También yo estuve tres años en el Tercio.

—¿Usted?

—Sí, yo.

Estandarte al viento. Manuel Zapata Villanueva rememora la Legión Extranjera y sus días en el campamento de Dar Riffien; la calle de la Luneta, en Tetuán; Ceuta y su estación marítima; el té con menta; los inolvidables prostíbulos; con sus fátimas con las manos pintadas de *hennés*, sus caftanes verdes y sus collares y brazaletes de plata; el *bled*, Azila y las aguas del Estrecho, Xauen, rosada y misteriosa, los bosquecillos de *dum*, el brillo de las bayonetas, los desfiles en la explanada y el nombre de todas y cada una de las Banderas que nadie recordaría de no haber estado realmente en la Legión, y mucho menos siendo extranjero: la Primera la de los Jabalíes, con sus armas de su Casa de Borgoña; la Segunda, la de las Águilas, bordado su escudo sobre un fondo de seda púrpura; la Tercera, el Tigre; la Cuarta, el Cristo y la Virgen; la Quinta, el Gran Capitán; la sexta, la del duque de Alba...

—¿En qué Bandera? —pregunta el capataz.

—En la Primera: los Jabalíes; con las armas de la Casa de Borgoña.

—¿Y en qué compañía?

—En la trece.

La trece compañía de la Primera Bandera. Sólo alguien que verdaderamente haya estado en la Legión conoce la caprichosa numeración de las unidades con estandarte: la primera Bandera consta de las compañías una, dos, tres y trece; la segunda de la cuatro, cinco, seis y catorce; la tercera de la siete, ocho, nueve y quince; y así sucesivamente.

—Cierto, como hay Dios.

—¿Por qué le iba a mentir?

—¡Buenos tiempos! —reflexiona Zapata— y eso que usted no conoció el Protectorado. Aquello era vivir. No se olvida el Tercio tan fácilmente.

—No, no se olvida.

—Conocí allí a muchos alemanes, pero a ningún inglés; los hubo al principio, dicen, y franceses y belgas y polacos y argentinos. Pero, volviendo al tema, ¿puede saberse adónde quiere ir a parar?

—¿Ha fumado alguna vez grifa? Supongo que muchos la fumarían en su Bandera, en nuestra Bandera —dice Tony Mackenzie.

—No, porque no quise —miente Manuel Zapata.

—¿Sabe cuánto vale un kilo de hachís?

—No pensará que lo sembremos.

—Exactamente. Eso es lo que pienso.

Frunce Manuel Zapata Villanueva los labios y quiebra un guiño de complicidades mercenarias. A Zapata le palpita a ritmo de ametralladora Hotchkiss el corazón. Manuel Zapata rechaza el cigarrillo que Tony le ofrece y se seca el sudor frío que le corre de pronto

128

por la nuca. Todo su esqueleto se estremece, como anunciándole que los cincuenta y siete penosos años de su vida podrían quizá quedar, por fin, definitivamente atrás: infancia miserable, adolescencia pastora de cerdos y dehesa extremeña; más tarde, trincheras, centinelas, renuncias, humillaciones, estrecheces y vasallaje.

¿Y piensa que me voy a jugar toda una vida de hombre de bien a cambio de unos duros?

—De unos millones de duros, compañero. Los riesgos no existen de ser prudentes y contar con hombres de confianza. Un par de hectáreas entre cuatrocientas. ¡Quién las iba a advertir! Con la recolección terminaría su trabajo. El resto es mío.

—¿Pero usted tiene de verdad esas semillas?

—Las tengo —miente Tony—, de aquí a una semana puedo proporcionárselas.

—Todo esto tendría yo, por supuesto, que consultarlo.

—¿Consultarlo?

—Bien sé lo que me digo.

—Ése es su problema. Yo me entendería sólo y exclusivamente con usted. Le entrego la simiente bajo palabra y bajo amenaza también, claro, si es que pretendiera engañarme. Hasta después de la recolección no puedo adelantarle ni un céntimo. Yo pongo la semilla y el transporte de la mercancía una vez recolectada, y usted la tierra y los hombres que estime de su confianza con los que tendrá que compartir los beneficios. Igual que no deseo saber a quién tiene que con-

129

sultar tampoco necesito conocer el nombre de esos hombres.

—¿Y en cuánto calcula los beneficios?

—Difícil es aún precisarlo, pero puedo asegurarle que dentro de un año no se dejaría cortar un dedo por cincuenta millones.

A Manuel Zapata, apoyado en el quicio del muro exterior del caserío, exactamente entre la vertical del zócalo y un nido de golondrinas pendiente de la techumbre de tejasvanas, le da un vuelco el corazón.

—¿Cuándo traerá la semilla?

—De aquí a siete u ocho días.

—Ahí llegan —dice Zapata señalando el camino por el que se acerca el Land Rover en donde regresan al cortijo de vuelta de Carmona Georgina Leighton y Ramón Parrilla González.

—Entonces ¿cuándo puedo saber su contestación?

—Usted traiga cuanto antes la semilla.

Según una información digna de todo crédito, posteriormente verificada en el Registro de viajeros correspondiente al mes de junio de 1974, Georgina Leighton y Tony Mackenzie pasaron juntos la noche de su avería automovilística en el motel El Caballo Blanco, de El Puerto de Santa María y se despidieron la mañana siguiente, enfilando Georgina la autopista de peaje camino de Sevilla y, más tarde, la N-IV para atravesar la península regresando a Gran Bretaña tras cruzar Francia acortando en unos días su itinerario previsto.

Al llegar a Londres, Georgina encontró a su abuela ligeramente enferma, falleciendo sin embargo unas semanas más tarde y dejándole en la testamentaría todos sus bienes, incluyendo la casa de Montagu Place.

Tony Mackenzie alquiló en el motel un gran turismo para dirigirse en Cádiz a casa de su hermana, donde fue recibido, pese a lo inesperado de su llegada y la natural sorpresa de su fantasmal aparición, con una calurosa acogida más meridional que británica por su hermana, cuñado y sobrinos, para los que el tío Tony resultaba un personaje casi mítico en razón de su exótico aire aventurero que lo hacían imaginarlo con un tercio de sangre de Drake, otro de Robín de los Bosques y un tercero de piloto de caza de la R.A.F.

Al cuarto día de su estancia —tras haber abierto a su nombre una cuenta corriente en libras esterlinas, lo que le estaba permitido como extranjero no residente, en el Banco Hispano Americano, sucursal número tres, en el que fuera presentado al director por su cuñado— Tony Mackenzie mantuvo una larga conferencia telefónica con un número de Wardour-Street, en el Soho londinense, cuyo resultado, por satisfactorio, le hizo sentirse tan feliz que aquella noche invitó a José Julio y a Matilda a cenar en el Club Náutico.

6

Son las siete y cuarenta y siete minutos de la mañana cuando Tony Mackenzie aparca su automóvil —un Renault 5 color azul prusia, matriculado a nombre de su hermana Matilda— en la rotonda de la estación marítima de los *ferries*. A su izquierda, cerrando la bahía se alza legendaria y majestuosa la imponente mole gris azulada de la Roca, enclave familiar en el que Tony Mackenzie fondeó en dos ocasiones, a la ida y la vuelta de su estancia como soldado profesional en Oriente Medio, y las mismas que embarcara también en estas mismas aguas en sus años del Tercio, camino y de regreso del desierto saharahui.

Tony Mackenzie ha tardado hora y cuarto en cubrir el trayecto que lo separa de Cádiz, de donde partiera ya amanecido para tomar la carretera nacional 340 que bordea la costa a partir de Punta Paloma desde donde comenzara a divisar —cielo límpido y calma en el Estrecho— la cadena granítica del Atlas africano.

Al salir de Tarifa, Tony Mackenzie ha estado a punto de tener un percance mortal al adelantar un largo convoy formado por vehículos de la Armada llenos de Infantes de Marina remolcando artillería ligera. La afortunada maniobra de un *jeep* que le dio paso durante una centésima de segundo apartándose al arcén evitó milagrosamente su choque frontal contra un *trailler* de cuarenta toneladas, por lo que Tony Mackenzie, a pesar de su flema británica, se siente aún impresionado cuando se dirige a la terminal de la Compañía Transmediterránea para adquirir un ticket en el *Virgen de África*, que está a punto de zarpar hacia Ceuta desde el muelle número siete del puerto de Algeciras.

Ya a bordo —cubierta «A»— Tony Mackenzie, dejando atrás las *chaise-longue* amarillas de babor y estribor, donde se reclinan adormiladas ancianas norteamericanas, se dirige directamente al salón-bar restaurante de primera clase que ocupa, a proa, toda la planta superior del puente, tras detenerse unos instantes en el corredor para contemplar un grabado —*Sailing boat in sunset*— casual gemelo de otro que presidiera, durante los años de su infancia en Earl's Court, el modesto comedor de su casa paterna: soberbio bergantín con todas las velas desplegadas que se debate contra una tempestad de orientales tifones iluminado por el fuego de San Telmo.

Tras hacer sonar por tres veces su sirena, el *ferry* suelta amarras y comienza a separarse lentamente del mueell, maniobrando de popa para dejar paso al *I.B.N. Batuota*, de bandera marroquí y matrícula de Tánger.

Tony Mackenzie, tras sentarse en un taburete ante

la barra del bar y beberse de un trago un escocés seco, cruza la mampara por la destartalada puerta de madera de rija con veintiún años sobre sus goznes y queda apoyado en la batayola de proa. *Avante todo* ya en la bocana. Pide puerto el *Monte Conte*, de Bilbao. El buque cambia el ritmo de sus turbinas tras dejarle paso para poner por fin rumbo a Ceuta y cumplir la singladura de una hora y veinticinco minutos que tardará en cruzar las quince millas de unas aguas tan inexplicablemente en calma como la Serpentine londinense.

Delfines, gaviotas. A babor un carguero soviético, a estribor un *container* italiano. Huele a sal, a yodo, a algas y, secretamente, a contrabando. Un crucero maniobra para entrar en el puerto de Gibraltar, de donde leva anclas un petrolero liberiano mientras un bombardero de la R.A.F. toma pista en el aeropuerto de la Roca, cuya silueta fotografían una y otra vez un grupo de turistas escandinavos.

Tony Mackenzie escupe por el colmillo como un fiero pirata de Stevenson, enciende un cigarrillo y vuelve a entrar en el salón para solicitar otro whisky seco en la barra del bar ante la mirada absorta de dos adolescentes que, entre risas histéricas, comentan en voz baja su perfil apolíneo y la musculatura de sus brazos. Tony Mackenzie, mientras apura ahora su 100 Pipers se felicita una vez más por su buena suerte en una explicable marinera euforia de brisas atlánticas y soles grecolatinos.

Calipso bañándose aún en la bahía de la antigua Septum bajo la implacable mirada de Gengerico apernacado sobre el monte Hacho, y la risa de Belisario, el indomable general bizantino, desdoblándose en ecos a lo largo de La Almina. Huele a pólvora —de los ejercicios de tiro que practica la artillería antiaérea de la plaza— a sudor militar, a poleo, a té hindú, o yerba buena y a *cannabis* cuando Tony Mackenzie salta del taxi que le ha traído desde el muelle al acerado de la calle Real, frente al Ulises, en cuya cafetería ha sido citado desde Londres, y entra en el hotel.

De pronto, Tony recuerda que las señas para ser reconocido, según las precisas órdenes recibidas telefónicamente, son las de portar una revista ilustrada doblada en el bolsillo izquierdo de su chaqueta, que habrá de llevar —como hace— echada sobre los hombros. Y el *santo* al que ha de contestar al preguntársele: «¿Es usted el consignatario de buques?» «Sí, el de Lisboa»; por lo que vuelve a salir para comprar la revista, lo que hace en el primer quiosco de prensa que encuentra, en la esquina del edificio de Correos y Telecomunicaciones.

Cuando Tony Mackenzie entra de nuevo en el hotel, nadie le espera aún en la barra desierta de la cafetería donde solicita del barman su tercer escocés que bebe despacio, justamente en el instante mismo en que, inesperadamente, alguien le pregunta la seña convenida. Tony Mackenzie, cogido de improviso, tarda unos segundos en responderle. El desconocido le contesta:

—La cita no podrá celebrarse hasta mediodía. Espere a las dos en la puerta del cementerio árabe de la carretera del Serrallo...

—...

—No se preocupe, le reconocerán.

—De acuerdo.

Tony Mackenzie contempla distraídamente las multicolores farolas de Fez que penden del techo, dando a entender al desconocido que no piensa marcharse aún.

—No olvide ni el sitio ni la hora. ¿Conoce la ciudad?

—No, pero a las dos estaré en la puerta del cementerio. No es preciso que me repitan las cosas, tengo buena memoria.

Como de edad de cincuenta años, piel grisácea, gafas oscuras, recortado bigote perlado de gotitas de sudor, *panamá*, traje de alpaca, voz impersonal, portafolios, sonrisa meliflua y veguero entre los dientes, el desconocido, dando media vuelta, tras hacer una leve inclinación al barman de que cargue a su cuenta la consumición, cruza la puerta de la cafetería y se pierde en la penumbra del *lobby*. Tony no olvidaría jamás su cara.

Tambores y chirimías; dos tambores y dos chirimías exactamente tocados por jóvenes-ancianos y ancianos-jóvenes, difícil es precisarlo, formando pelotón. Una niña-novia, rodeada de sus familiares —casadas con velo, solteras sin él— sale del hogar de sus padres. El cortejo de la boda recorre las calles del barrio y desemboca en la travesía del Valle de Almasán. Calor húmedo, caliginoso, y celaje en las próximas aguas de la dársena rodeada de sicomoros y palmeras. El sol africano cae a chorros de altos hornos sobre la mezquita de Los Rosales, sobre las campanillas azules de la cerca de espinos, sobre los olivos, sobre las higueras, sobre las sardinas y las caballas plagadas de moscas verdes que vocean los pacientes pescadores moros envueltos en sus cochambrosas chilabas, y sobre la espalda de Tony Mackenzie que sube la pina cuesta del pobre y tristemente pintoresco arrabal del antiguo serrallo.

La Legión Extranjera, sobre sus *jeeps* descapotados, amartillados los Cetmes, caladas las bayonetas, en perenne vigilancia de recelos, cruza y recruza en alerta sin tregua la abstracta —pero bien delimitada mentalmente— línea entre la ciudad europea y el ghetto árabe. Santones, pordioseros, prostitutas. Al atravesar la calzada, una adolescente de color está a punto de ser atropellada por un armón de artillería pesada. No se mueve una flor, no se mueve una hoja, no se mueve una pluma en el jardín de Alá.

Cuando Tony, sudoroso y descamisado, con la ligera chaqueta de algodón colonial bajo el brazo, alcanza la entrada de la puerta del cementerio, un ataúd-parihuela pintado de verde —como el turbante del Profeta— abandona el recinto. Dentro quedó el cadáver que recibirá islámica sepultura envuelto sólo en su sudario aromado de orégano y laurel. Tony Mackenzie se apoya en el quicio, mira su reloj y se impacienta. Son las dos y diez y seis minutos de la tarde y su presencia, que comienza a alargarse, parece resultar incómoda, sacrílega quizá, a los mendigos inmóviles sentados bajo el arco encalado, e incluso a los jóvenes árabes vendedores de hachís apostados inexplicablemente en el muro de rezos y lamentaciones, bajo el resol que irisa de reflejos los azulejos de las encaladas tumbas de los creyentes.

Tony Mackenzie piensa que si su aventura africana tuvo a primera hora de la mañana un mal comienzo puede tener ahora también un mal fin. ¿Cómo ha sido citado a una hora tan poco propicia para una entrevista y en un sitio como éste, bajo el sol de las dos de la tarde, sin un árbol ni una sombra donde cobijarse; sin un mal cafetín moro siquiera donde esperar sentado bebiendo una taza de té de yerbabuena? En la conversación telefónica mantenida con Londres se le aseguró que sería recibido como un amigo por amigos, como un cofrade por cofrades; que la transacción —de ser posible— se efectuaría sin dificultad y que se le darían toda clase de facilidades para llevarla a buen término. Esperará hasta las dos y media, ni un minuto más. Y a punto está de finalizar el plazo que se ha fijado cuando un automóvil Peugeot se detiene por fin chirriante ante el arco de herradura del cementerio —cuyos arabescos de escayola recorre tranquilamente un pequeño lagarto— y el conductor invita al asombrado Tony a subir a su lado después de hacerle la pregunta convenida :

—¿Viene usted de Lisboa?

—Sí, y soy consignatario de buques.

—Suba. Perdone que le haya hecho esperar. Vengo

del *bled*. Acabo de cruzar la frontera y los trámites aduaneros suelen ser laboriosos en ciertos casos, ya sabe.

—Imagino. ¿Dónde vamos?

—Donde podamos charlar tranquilamente. Supongo que no habrá almorzado aún.

—No, aún no lo he hecho.

—Lo haremos juntos. De Londres nos han llegado buenas referencias de usted, aunque, al parecer, no tiene ninguna experiencia en el negocio.

—Alguna vez hay que empezar.

—No he querido decir que sea un obstáculo.

—Cuando se mata por primera vez no se piensa en la inexperiencia de no haberlo hecho antes.

—Cierto, aunque, naturalmente, sólo en parte. Un profesional es siempre un profesional, y solemos desconfiar de los aficionados. No obstante, como le he dicho, sus referencias son correctas. Y no somos asesinos sino traficantes.

Traficante en efecto, característico; casi su caricatura, de existir una tipificación. Tony Mackenzie mira al desconocido con una mezcla de desdén y aprensión. Siente alergia por todos los hombres de piel grasienta y uñas largas y descuidados, por los seres humanos que no pueden ocultar, ni a través de sus cabellos y de su color tostado, un cierto mestizaje y cuya voz es, además, demasiado falsamente timbrada para no resultar engañosa. Tony Mackenzie, gigolo anglosajón, ladrón de guante blanco —astuto como un puma, pero no falaz como una hiena—, en el fondo genéticamente victoriano, condicionado por su insularidad, racista sin saberlo o no queriéndoselo confesar —no por razones morales sino por simple pragmatismo— se siente un verdadero *gentleman* ante su oponente, que le ofrece ahora un cigarrillo que él no acepta, y baja por la cuesta de la carretera del serrallo conduciendo con una inexplicable torpeza que lo mismo puede ser inseguridad, cansancio que desgana. Tony Mackenzie sabe sin embargo que en las operaciones mercantiles —y más las que como ésta se realizan al margen de la ley— no caben los remilgos. Y en el Soho londinense, en la cárcel, en el ejército de su Graciosa Majestad, en Adén, y en la Legión Extranjera española en sus años de patrulla en el desierto, ha conocido tipos por los que sintiera idéntica alergia y resultaron a la postre camaradas aunque las reglas de su juego fueran distintas a las suyas.

—¿Tiene interés en almorzar en algún sitio determinado?

—No conozco la ciudad.

—Si está aún abierto el comedor en el hotel Muralla, podemos hablar allí con toda libertad mientras almorzamos.

Con toda probabilidad, sin embargo, la secreta conversación de negocios entre Tony Mackenzie y Joao Ferreira, su primer contacto ceutí, no tuvo lugar en el comedor —discreto efectivamente en razón de sus dimensiones— del hotel Muralla, sino en la terraza entoldada del restaurante El Delfín Verde o, quizá, en el Tiro de Pichón —club exclusivo—, y pudo desarrollarse en éstos o muy aproximados términos. Es obvia la imposibilidad de su transcripción literal, aunque contemos con suficientes datos recogidos con posterioridad para estimarla verosímil :

—En resumidas cuentas, usted quiere convertirse, nada más y nada menos y de la noche a la mañana, no ya en un *camello* sino en un cultivador en toda regla. Es algo muy interesante y, qué duda cabe, imprevisto, pero comprenda que eso es de todo punto imposible aunque Londres haya dado, en un principio, su conformidad. Nos movemos en distintas áreas de influencia. ¿Por qué no lo han enviado a Bangkok?

—Lo ignoro.

—Un malentendido, sin duda; un incomprensible y absurdo malentendido. Ya le digo que es imposible.

—Nunca hay nada imposible. Estoy seguro que puede proporcionarme la mercancía.

—No se trata de que podamos o no proporcionársela, compréndalo. Ustedes, los ingleses, van siempre demasiado lejos, más allá de lo razonable. En fin, siento sinceramente que se haya molestado en realizar un viaje en balde. Entendimos que quería convertirse sólo en *correo*, algo que seguimos ofreciéndole sin reserva. Tanto el Gobierno de Marruecos como los sicilianos tienen terminantemente prohibido que la simiente salga de África. Ya tuvimos problemas cuando las plantaciones se extendieron desde Ketama hasta el litoral.

—Pero, usted es siciliano.

—Lo cual no querría decir absolutamente nada. No, portugués. Hace quince años que vivo en Ceuta aunque viajo a Tánger tres veces por semana.

—No obstante, supongo que existirá una fórmula para que lleguemos a un acuerdo.

—Que desconozco.

—O que pretende ignorar. Londres hizo hincapié en que podía tratar con usted con toda confianza y no creo que exista ningún tipo de equívocos.

—Londres sabe perfectamente cuáles son nuestras limitaciones y dónde se encuentran nuestros verdaderos intereses.

—No se trata sólo de la adquisición de semillas; mi intención es vincularlos directamente al negocio.

—Ya tenemos asegurados nuestros porcentajes. Trabajar con usted sería correr un riesgo innecesario. Hoy por hoy el mercado está estabilizado, aunque vaya en alza. Contamos con nuestras propias cadenas de distribución. La mercancía se siembra aquí con una producción de más de dos mil toneladas netas y, en nuestra zona de influencia sólo aquí debe seguir sembrándose, a no ser que unas condiciones muy favorables y unas circunstancias muy especiales aconsejaran otra cosa.

—O lo que es lo mismo, que se encarguen de distribuir también en Europa y en exclusiva lo que se recolecte en la Península.

—Exactamente.

—De hecho, como Londres tiene noticia, ya se está cultivando allí, previendo la remota posibilidad del cierre de la frontera.

—Sería mejor decir que contamos con pequeñas parcelas experimentales y, por supuesto, que manufacturamos y que distribuimos en exclusiva. Todo corre por nuestra cuenta, exceptuando el cultivo. En el hipotético caso de que llegáramos a un acuerdo ¿qué superficie se compromete a ofrecernos?

—Digamos que hasta tres hectáreas, en el lugar más idóneo, con las condiciones climatológicas más favorables, la humedad ideal, y sin ningún tipo de riesgos.

—Riesgo que correría usted solo en todo caso. Le prometemos estudiar su oferta con todo interés. Volveremos a encontrarnos mañana. No quiero asegurarle nada, pero es posible que podamos llegar en principio a un acuerdo. De ser así, ejerceríamos un control total y absoluto, incluso de la plantación. ¿*Cognac* o Drambuy?

—*Cognac*, por favor.

El tráfico de la *cannabis* entre Ceuta y Algeciras es muy intenso, y es rara la jornada en que no son apresados por la aduana española importantes alijos de hachís valorados en ocasiones en cientos de millones de pesetas. Sin embargo, se calcula que, pese al celo de la Brigada Especial de Estupefacientes, un treinta por ciento de la mercancía logra anualmente —en cifras absolutas— burlar el riguroso control a que son sometidos los viajeros de los *ferries* que cruzan cada día en un incesante ir y venir el estrecho de Gibraltar partiendo de Ceuta o de Tánger y sometidos a registros por la Guardia Civil con la colaboración de *Pirri*, un soberbio pastor alemán, especialmente entrenado, capaz de distinguir el olor del hachís entre cientos de otros distintos olores. Cuando arriba al puerto de Algeciras un *ferry* u otro buque de pasajeros cualquiera procedente de Oriente, *Pirri* olfatea todos los vehículos desembarcados. Al detectar el olor de la yerba, *Pirri* salta aullando entusiasmado si su olfato descubre un alijo de *cannabis*; el pastor alemán es entonces recompensado con un rodillo para jugar. Rodillo que, según se asegura en Algeciras, se encuentra impregnado de aceite de la droga.

Sin embargo, para entender correctamente el desarrollo de la historia de los cinco crímenes del cortijo «Los Galindos» es necesario hacer constar que la semilla de la *cannabis* no le fue proporcionada a Tony Mackenzie en el norte de África —ni en Ceuta, ni en Tánger, ni en Larache ni en ninguna otra ciudad del interior— sino en un chalet de Heliópolis, barrio residencial de Sevilla situado al sur de la ciudad y cercano a la ribera del muelle de gran tonelaje del Guadalquivir, donde fuera a recogerla en los primeros días de julio de 1974 y facilitada gracias a los buenos oficios de Joao Ferreira, con el que terminó por estipular unas precisas capitulaciones contractuales que no se prestaban a ningún tipo de interpretación por su meridiana claridad.

El tráfico a gran escala y a nivel internacional de la *cannabis* se realiza particularmente —con independencia de la que llega a Europa, vía Ibiza, Nápoles y

144

Marsella desde el Líbano, Pakistán y todo el Oriente Medio— entre Tánger, Ceuta y la Costa Azul —francesa e italiana—, las Baleares, la Costa Brava y la del Sol. En los puertos deportivos de esta última fueron capturados, en 1977, siete mil kilos de hachís por un valor que sobrepasa los treinta mil millones de pesetas.

La mercancía suele ser contrabandeada a bordo de avionetas privadas —que aterrizan en las zonas del interior próximas al litoral menos sospechosas—, simples fumigadoras aéreas de insecticidas, a veces, con depósitos supletorios de combustible, o de yates matriculados en los más famosos puertos del Mediterráneo. Por ejemplo: «Cualquier yate que salga de Puerto Banús, asegurando que va a realizar una corta travesía de placer, puede acudir a zonas de aguas internacioles donde recoge la mercancía de un buque procedente de Oriente Medio y regresar a puerto con toda tranquilidad, bien a su punto de partida o a otro cualquiera del sur del litoral» (A. Sarasqueta). Todo lo cual no quiere decir que, en ocasiones —septiembre de 1973— una conocida aristócrata andaluza, propietaria de miles de hectáreas en el triángulo del gran latifundio, Grande de España y en posesión, por el hecho de serlo, de pasaporte diplomático intentara (lo cual no consiguió) pasar por la aduana de Algeciras cuatro kilos de simiente de *cannabis*, cantidad más que suficiente para sembrar tres aranzadas de tierra de labor climatológicamente aceptables. Ni que decir tiene que al hecho no se le dio la menor publicidad, y que el título de la conocida aristócrata no ha sido facilitado por quien podía haberlo hecho para *evitar el escándalo*.

Quiere esto decir que la semilla de la *cannabis* cruza —o ha cruzado— frecuentemente las aguas del Estrecho utilizándose los más sofisticados medios, y que por lo menos en dos grandes fincas de la provincia de Sevilla se ha sembrado *cannabis*. En una de ellas, ubicada en el término de Gerena, se produjo en 1975 la no por divertida menos sorprendente anécdota de aparecer drogados una mañana toda una manada de toros de lidia, que habiendo saltado por la noche la cerca de la dehesa fueron a pastar en un haza cercana perteneciente a la misma hacienda. Según testigos presenciales, utreros y erales habían perdido no una fiereza que jamás tienen los toros en el campo, sino el instinto de la orientación, encontrándoles vagando como perros, pacíficos, indolentes y ajenos muy cerca del caserío, fuera de su terreno, dando camballadas y realizando graciosas piruetas circenses.

En nuestro arduo y largo peregrinaje por el reino de Marruecos para obtener información de primera mano sobre el hachís, hemos podido comprobar que los cultivos de *cannabis* se extienden como hongos a lo largo de buena parte del territorio nacional desde Tánger a Marrakech, que el problema que esta proliferación de plantaciones crea no reside sólo en la falta absoluta de control que el Gobierno de Hassán exige a las familias beneficiarias de las parcelas con

146

plantaciones de hachís, sino que existe una total libertad —posiblemente fomentada— para su venta en cualquier proporción a los turistas en pueblos, aldeas y
carreteras; al ser la *cannabis* una de sus mayores fuentes de divisas.

No es de extrañar, pues, un probable pacto secreto
del propio Gobierno marroquí con los grandes traficantes internacionales para poder continuar detentan-
do en el norte de África el monopolio exclusivo de la
siembra y posterior manufactura a nivel de un primer
proceso, elemental manipulación que no precisa —al ser
prácticamente artesanal— ningún tipo de utillaje o, en
cualquier caso, muy rudimentario.

La posterior entrevista de Tony Mackenzie con Joao
Ferreira, de cincuenta y dos años de edad, domiciliado
en una lujosa urbanización de Villa Jobita, un elegante
barrio residencial ceutí y copropietario de un comercio
de arte hindú y aparatos fotográficos de alta preci-
sión de la calle Real, tuvo lugar en las primeras horas
de la mañana del día siguiente en el suntuoso *lobby*
del hotel Muralla.

La conversación debió desarrollarse, dado el acuerdo a que finalmente llegaron, en un clima de entendi-
miento, comprensión y cordialidad, y en su transcurso
pudieron acordarse las capitulaciones, redactadas en
duros términos que quedan sobradamente confirmados
al haber sido incumplidas por una de las partes o,
mejor dicho, por el aparcero —según el lenguaje agrí-

cola— de ésta: un oscuro e impasible campesino, ex legionario, ex guardia civil, Manuel Zapata Villanueva, nacido en Calera de León (Badajoz), casado con Juana Martín Macías, de «recta trayectoria moral», según los informes facilitados por la Brigada de Investigación Criminal a los periodistas que cubrieran en su día la información de los crímenes; «agresivo, pendenciero y bebedor», según la generalizada opinión de sus vecinos de Paradas y de alguno de los peones que trabajaron a sus órdenes; «un buen padre, cumplidor de sus deberes», según el natural afecto de sus hijas, María del Carmen y Josefina Zapata Martín, residentes en Barcelona y Cádiz respectivamente. Incumplimiento que rompía unas reglas de juego inexorables y casi tan antiguas como el mundo en un medio en que la vida humana carece en absoluto de valor si interfieren sus propósitos, su implacable disciplina de turbias lealtades y sus últimos fines de intereses.

Términos contractuales de gran sencillez en donde no caben ningún tipo de retórica ni de sutilezas que pudieran prestarse a interpretaciones cuyo incumplimiento —en cualquiera de sus cláusulas orales— es suficiente para aceptar sin salvación la muerte en cadena de todos los implicados en una operación cuya mejor cobertura es la ley del silencio.

Tony Mackenzie regresó a Algeciras a última hora de la tarde de su segundo día de estancia en la ciudad en el *ferry Isla de Menorca*, tras haber almorzado con

Joao Ferreira —dos desconocidos que no le fueran presentados y el hombre del eterno habano, la piel grisácea, el *panamá* y el recortado bigote perlado de gotitas de sudor— en el restaurante Mar Chica. En el transcurso de la comida no se hizo la menor referencia ni a negocios, ni al pacto ya suscrito ni a los motivos de su permanencia en Ceuta, tratándosele siempre, sin embargo, con la cortesía propia de los ceutíes que ven en todo *paraguayo* (extranjero o peninsular) a alguien con quien pueden entrar algún día en trato para cerrar una provechosa operación mercantil.

Dos días más tarde y una vez de regreso en Cádiz, Tony Mackenzie, muy de mañana, alquiló un automóvil Seat 1 430 y se dirigió, tras viajar a Sevilla, al barrio de Heliópolis para recoger la mercancía, como quedara acordado. Las semillas le fueron entregadas sin contratiempo dentro de dos grandes maletas de *skay* por la distinguida y amable —al parecer señora, por su alianza de platino— destinataria de la escueta esquela que le diera Joao Ferreira como contraseña, y en la que se encontraban anotadas sólo tres letras: T.M.O. y una cifra de seis números: 57-56-55, que le abrieron las puertas —tras dar su nombre por el interfono—, primero de la cancela del pequeño jardín con un magnolio, dos palmeras enanas, tres naranjos y un arriate sembrado de rosales y geranios, y, a continuación, del chalet. Apenas fueron necesarias las palabras y no se cruzaron entre ambos arriba de una docena de ellas y que hicieron referencia escuetamente sólo al calor asfixiante a pesar de lo temprano de la hora.

El *nuevo* cementerio de Highgate (Swain's Lane), de Londres. Al fondo, a doscientas yardas, tres calles a la izquierda del panteón, entre castaños, la tumba de Carlos Marx, la siempre cubierta de fragantes rosas rojas, vertical y monolítica, tumba de Marx —todo barba y laureles en bronce, todo granito, todo cejas—, tantas veces dinamitada por detractores fanáticos y vuelta a erigir, idéntica como una gota de agua a otra gota de agua, como una calavera a otra calavera, como una moneda a otra moneda acuñada en el mismo troquel.

Fantasmal entierro en un camposanto que es ya sólo prácticamente un museo y un *square* donde reposan también George Eliot, John Galsworthy —con todos los espectros de su *Saga de los Forsyte*— y Williams Foyle, el más famoso librero de Inglaterra.

Georgina Leighton —vestido estampado de gardenias grises y moradas, medias negras, blancos zapatos de cabritilla y pamela color crema de paja italiana guarnecida con un lazo negro— preside erguida y digna el sepelio de su dulce abuela (1899-1974) tras el ataúd de plata y cedro llevado a hombros por cuatro jóvenes duques. A su lado, tras el féretro, un sacerdote anglicano, dos lores y seis parlamentarios: tres *tories* y tres laboristas. A continuación siete enternecedoras ancianas del *club del hachís* sobre sus sillas de ruedas, respetuosamente empujadas por sus respectivos mayordomos, sus médicos, sus enfermeras y sus señoritas de compañía. Tres lacayos portan coronas de lirios y gladiolos cerrando la comitiva.

Bochornosa tarde de septiembre, cielo encapotado, lejanas tormentas en Dover. Un remolcador hace sonar por tres veces su sirena en el Támesis. Las nubes bajas alcanzan la Unión Jack en la torre del Parlamento unos minutos antes de ser, como siempre, mágicamente prestidigitada a las cinco en punto. Huele a trébol rosa y a grama, a madreselva, a yedra reptante y a orín de ardilla.

Un rubicundo y apuesto sacerdote anglicano —*clergyman*, estola y biblia— pronuncia con voz cálida, emocionada y vibrante, la oración fúnebre ante los restos mortales de la sierva de Dios, de la que tantos dones benéficos y óbolos recibiera su distinguida parroquia de Crawford, mientras Georgina Leighton saca de su inmaculado bolso un pañolito de encaje, se seca una lágrima y una bandada de patos salvajes vuela sobre Highgate camino de la Serpentine:

«... que Dios, en fin, te acoja en su seno, hermana nuestra; a ti, en posesión de todas las virtudes teologales, pese al alto pedestal en que viviste alzada como augusta dama, genuina representación de todos los atributos de nuestra raza. ¡Oh amada hija de Albión!, pues, *This it and nothing more.*»

Tras la emigración de las últimas cigüeñas de la espadaña y de las postreras golondrinas y vencejos de la cuadrícula del patio, de las cereales y olivareras hazas de «Los Galindos» huyeron los calores bíblicos del verano. Pasaron también en el predio los días de la vendimia y del verdeo de las aceitunas, de la recolección de la remolacha y de la quema de los rastrojos, y llegaron los del arado y la preparación de las tierras para las nuevas labores. A la hora de la siembra, una tarde de rosada claridad crepuscular, Manuel Zapata Villanueva convocó en la guardería a José González Jiménez, su hombre de confianza, y en presencia de Juana Martín Macías, mantuvo con el tractorista una larga conversación:

—¿Has decidido casarte por fin en enero?

—En enero, sí; para Reyes.

—¿Tiene Asunción preparado el ajuar?

—Te he dicho que lo tiene —tercia Juana Martín.

—Le pregunto a él —corta el capataz.

—A medias. De aquí a entonces lo terminará.

—Poco falta.

—Poco.

—¿Guardas algún dinero?

—Ninguno. Todo lo gasté en terminar la casa.

—No sé por qué se lo preguntas cuando lo sabes de sobra —media de nuevo Juana Martín.

—Tú a callar. Las mujeres se callan cuando hablan los hombres.

—Juana tiene razón. No tengo un duro.

—Después de meditarlo mucho, he decidido hacerte una proposición.

—Usted dirá.

152

—Si la aceptas, puedes hacerte en unos meses de unos centenares de miles de pesetas. Caso contrario todo seguirá entre nosotros como estaba, pero me prometerás guardar el secreto.

—Bien sabe que le soy leal y que necesito esos cuartos. Siempre estoy dispuesto a hacer lo que usted ordene, y más habiendo por medio unas pesetas.

—Puede que un millón.

—Cuente entonces conmigo.

—Se trata de sembrar grifa por nuestra cuenta y riesgo en el haza de la vaguada «La caprichosa», pasado el olivar; es una tierra fresca, esponjosa y húmeda, y está resguardada de la solanera y de los vientos como requiere esa planta.

—¿Y los riesgos, Manuel?

—Tú no los corres. Yo soy el único responsable. Tú eres simplemente un mandao; pero a la hora de meterte los dineros en la faltriquera, te los meterás. Nadie además tiene por qué enterarse. ¿Quién iba a pensar y quién a descubrirnos?

—Don Antonio, el administrador.

—En tal caso, que lo creo improbable, de él me encargaría yo.

—Entonces, estando tan seguro, al toro.

—¿Cuentas con la discreción de Asunción?

—Ya la conoce.

—Los domingos, entre ella, tú y Juana haríais el trabajo. A lo largo del año cuidaríamos entre todos el cultivo y, a la hora de la recolección, empacaríamos de noche la mercancía.

—¿Empacar así, por las buenas, a ojos vista?

—Envuelta en paja, carajo. ¿O es que no has comprendido? Eso ha sido lo acordado.

—¿Y la mercancía está ya colocada?

—Colocada, sí. ¿Estás dispuesto?

—¿Cómo no, habiendo por medio esos dineros? ¿Cuánto calculas?

—Digamos un millón, para empezar.

—Digamos dos, maestro. ¿No pensará que Asunción va a trabajar por su bella cara?

—La verdad es que ni yo lo sé a ciencia fija, José. Pero, de salirnos por derecho la tronada, en unos años nos hacemos ricos todos.

—Confío en usted, Manuel, y gracias. ¿Cuándo hay que empezar a preparar esa tierra?

—Cuanto antes. Mañana mismo, que es festivo.

—¿Y Ramón, no ha pensado en él? No tiene un pelo de tonto y acabaría por olérselo.

—De momento, con Parrilla no pienso contar. Más adelante ya veríamos.

Cuatro nombres juramentados para guardar un secreto. Dos hombres, Manuel Zapata Villanueva y José González Jiménez, y dos mujeres, Juana Martín Macías y Asunción Peralta Montero de los que, genealógicamente, al contrario que de Georgina Leighton y Tony Mackenzie, apenas tenemos noticias. Los pobres, los verdaderos pobres, no remontan sus antepasados arriba de sus propios abuelos y no necesariamente siempre. Por no tener no tienen, no conservan ni siquiera una desvaída fotografía en sepia palpitante para

154

testimoniar un gesto que pueda dar constancia de ese parecido de los recién nacidos ni directa ni colateralmente con sus parientes muertos; ni tampoco de una moda que hiciera furor y pudiera provocar al cabo de los años o la admiración o la burla. Son ignorados los orígenes de los pobres. Ni una tumba en perpetuidad poseen. Ni un viejo vestido de terciopelo tachonado de lentejuelas en el desván. Ni una flor marchita dentro de un libro; ni unos zapatos de charol con trabillas y botones de cristal. Ni un abanico —que tantos deseos pudo haber provocado en su revolotear de mariposa— dentro de una vitrina. Ni una empolvada partitura musical. Los pobres no pueden llevar siquiera a los Rastros, a los Encantes, a los Jueves, a los *mercados de las pulgas* del ancho mundo ni el asa de una cafetera turca ni la contera de plata de un bastón de caña de India. Ni un clavo pueden llevar los pobres a las almonedas. Los únicos antecedentes que pueden permitirse los pobres son los antecedentes penales.

Por tanto, todos los intentos de ofrecer el árbol genealógico de los asesinados, aun remontándonos a la primera generación —tras la negativa del cura de San Eutropio de autorizar el acceso al archivo parroquial— han resultado inútiles. Sabemos solamente que un primo de Asunción Peralta Montero está casado con una hija de Manuel Zapata; que a la madre de Asunción se la conoce en Paradas por *la Mariana* y a su padre por *el Rajaíto*, que la esposa de Ramón Parrilla se llama Juana Castillo, y que los padres de José González Jiménez y de Asunción Peralta vivían

155

pared con pared a la casa de sus hijos. Ni un dato más. Remover con los familiares las cenizas de la tragedia para completar exhaustivamente una información que estimamos suficiente hubiera sido una impertinencia.

Tony Mackenzie ve transcurrir plácidamente los días en el apartamento 737 del edificio Barracuda, de Torremolinos, entre fugaces amores con sus compatriotas o alguna que otra meretriz de lujo, partidas de naipes en todos los garitos de la costa, baños en la playa de hacer buen tiempo, pesca al curricán, alcohol, hachís y una visita quincenal a «Los Galindos» acompañado en ocasiones de un hombre de confianza de Joao Ferreira para vigilar la buena marcha de la plantación cuya cosecha, frente al panorama de sus tallos ya reverdecidos, de no caer heladas y seguir el año húmedo, se promete espléndida. Tony pasa también algunos fines de semana con su hermana Matilda, su cuñado Julio y sus sobrinos, a los que ha explicado tiene intereses inmobiliarios en la Costa del Sol, lo que le obliga a permanecer por lo menos un año en España antes de establecerse en Canadá.

La piel de Tony Mackenzie ha adquirido en los últimos meses en tono dorado, y sus condiciones físicas vuelven a ser casi las que fueran años atrás, durante su permanencia como soldado profesional en Adén y como legionario en El Aaiún. Nada perturba su paz, ni siquiera el recuerdo de la posibilidad de que, culpado finalmente de su robo en el hotel Richwood, pudiera solicitarse su extradición. Ha alcanzado tal grado de voluntaria inconsciencia frente a su pasado que se cree realmente otro hombre, hasta el punto de fantasear con la posibilidad de dedicarse realmente antes de un par de años a las inversiones inmobiliarias y fijar su residencia en España como un honorable hombre de negocios británico.

Sólo muy de tarde en tarde una sombra depresiva empaña la dulce felicidad y los sueños de grandeza de Tony al pensar que la *Organización* pudiera faltar a su palabra no cumpliendo con él lo pactado, o que la plantación de hachís fuera fatalmente descubierta. Si hasta ahora nada ha arriesgado económicamente en la aventura, su capital, las siete mil libras que le restan al cabo de seis meses de su salida de Inglaterra, sabe que, pese a su rigurosa administración, no le van a durar toda la vida.

La condena

Si de estos macilentos vegetales
un ramo tronchar quieres,
se quebrarán también tus pensamientos.
Donde Atila dejó ceniza ardiente,
yo levanté en mi casa mi cadalso.

27-30-151. *Infierno*

DANTE

7

EL CAPITÁN-LEGIONARIO FRITZ RUDEL en funciones de
comandante del destacamento expedicionario —ágil y
vigoroso como un muchacho a pesar de sus cincuenta
y dos años— salta el primero del estribo del viejo
vagón de plataformas descubiertas en el instante mismo en que el convoy militar se detiene por fin, fatigo-
samente, tras su penoso viaje de dieciséis horas en
la línea muerta, de oxidados raíles, de la clausurada
estación de Paradas, habilitada como apeadero de emergencia.

Tras él lo hacen los oficiales de su plana mayor,
secciones y compañías y los suboficiales de los respectivos pelotones, incluyendo los subtenientes y briga-
das que mandan la agrupación logística, todos y cada
uno de los cuales ordena a sus hombres abandonar el
tren cargados con todos los pertrechos guerreros e im-
pedimentas —incluyendo las cornetas y los tambores
pintados de azul, como los de la vieja infantería española de los Tercios de Italia— y formar luego de

nueve en fondo en la explanada polvorienta limitada por el ruinoso andén y los antiguos muelles de carga y descarga frente al crepúsculo malva de una tarde de primavera que muere lentamente al fondo de los olivares que se perfilan entre el silo cerealista y la torre centelleante de reflejos de la iglesia parroquial de San Eutropio.

El capitán-legionario Fritz Rudel, vistiendo el mismo uniforme de faena de sus hombres, pero tocado con la *teresiana* dejada caer sobre la nuca, prendidas en el pecho la *Medalla Militar* y la esmaltada insignia azul del camello de las fuerzas especiales del desierto, solicita novedades de sus tenientes que, a la vez, la piden a sus inmediatos subordinados que proceden al recuento de hombres y material. Sólo tres minutos más tarde, el capitán se relaja, tras haber ordenado al destacamento la posición reglamentaria de *descanso*, golpeándose las botas con su fusta de piel de antílope con empuñadura de pico de avestruz tradicional pieza de artesanía de los *hombres azules* del Sahara. Por fin, el batallón se encuentra en su destino; misión que le fuera encomendada tres días atrás en su acuartelamiento de Melilla, y en cuyo término municipal realizará maniobras tácticas y prácticas topométricas a lo largo de dos semanas.

Cuando los vehículos ligeros, el armón del grupo eléctrico, de campaña, el furgón sanitario, los camiones cisternas y los *jeep* de exploración y patrulla del batallón acaban de deslizarse por las rampas de los vagones de batea situados a la cola del tren militar, el capitán-legionario Fritz Rudel manda trasladar a los camiones el material de la compañía de armas pesadas, y, rechazando el asiento que le ofrece el chófer de su Land Rover descapotado, ordena al corneta el toque: *de frente paso de maniobra.* Abriendo la marcha de su unidad compuesta por cuatrocientos legionarios, diecisiete oficiales, incluyendo el teniente médico y cuarenta y tres suboficiales, el capitán Fritz Rudel, seguido a tres pasos por su ayudante y el abanderado, enfila a pie el camino asfaltado para dejar atrás el derruido edificio de la estación ferroviaria. Quince minutos más tarde, el destacamento de la primera Bandera, los Jabalíes, precedido por el estandarte bordado con las armas de Borgoña, es en la antigua carretera de Paterna una reptante serpiente color beige que avanza lentamente hacia el noroeste cruzando cambios de rasante, badenes, curvas y repechos bajo el opalino fulgor —ahora rosa y oro— de las últimas luces del día de san Marcos, sábado, veinticinco de abril de 1975.

Nacido en Brunswich (Baja Sajonia) en el otoño de 1923, Fritz Rudel fue movilizado en 1942, a los diecinueve años, y encuadrado en un regimiento de línea de la 123 División de Infantería de guarnición en Hoorn (islas Frisias occidentales, mar del Norte, Holanda), donde hasta los últimos meses del penúltimo año de la segunda conflagración mundial no entró en combate. Hijo primogénito de un zapatero remendón muerto en Tanzinskaia —frente oriental— y de una antigua sirvienta cuyo cadáver carbonizado fuera hallado bajo los escombros de la bombardeada fábrica de neumáticos donde trabajaba, Fritz Rudel fue hecho prisionero en diciembre de 1944, pasó siete meses en un campo de concentración y al salir de él, tras conocer la muerte de su madre y la suerte corrida por sus hermanas, dadas por desaparecidas, se alistó como voluntario en la Legión Extranjera francesa y fue destinado a Indochina. Trasladada su unidad a Marruecos tras el desastre de Dien-Bien-Fu, ya con las insignias de caporal, desertó tras haber dado muerte a un sargento bretón de Tiradores —antiguo colaboracionista— que escupiéndole en la cara lo acusó, en la barra de un *bistro* de Mequinez, de nazi, a pesar de no haber pertenecido jamás —dadas las ideas espartaquistas de su padre, que estuvo a punto de morir en el patíbulo— ni en su niñez ni en su primera adolescencia ni a las Hitler-Jungerd ni a las Deutsches Jungvolk y que no sabía otra cosa que haber hecho ya dos veces la guerra, que su padre había muerto en la guerra y su madre y sus hermanas habían sido víctimas de la guerra; que por la guerra estaba marcado y que llevaba la guerra como una espiroqueta en la sangre, cual si fuera el estado natural del hombre, y que a ser sólo guerrero le habían enseñado.

Fritz Rudel, tras cruzar de madrugada por el *bled* la frontera del Protectorado disfrazado de árabe, al cabo de siete horas de hallarse en territorio de Marruecos español, firmó su primer enganche en la legión hispánica. Acababa de cumplir veintisiete años, aunque

P.V.P. 400 ptas.

LOS INVITADOS
Alfonso Grosso

EDITORIAL PLANETA, S.A.

REPONGAN _____ ejemplares

P.V.P. 400 ptas.

LOS INVITADOS
Alfonso Grosso

EDITORIAL PLANETA, S.A.

Pedidos _____ ejemplares

día _____

representaba cinco menos, y era un experto en todas las armas. Alcanzó sus galones de sargento durante su segundo reenganche, a los treinta y tres años la sardineta de brigada, y fue promovido al empleo de teniente-legionario y obtuvo la Medalla Militar durante la confrontación de Sidi-Ifni.

Su ascenso a capitán —grado con el que piensa retirarse para regresar a Alemania de no lograr antes de los cincuenta y cinco años la estrella de comandante, máxima graduación que al no ser oficial de carrera puede aspirar— lo ha conseguido sólo siete años atrás, el mismo día que se diplomara como especialista en la guerra del desierto.

Soltero, misógino, de complexión atlética, rubicundo, de mediana estatura y piernas cortas y ágiles, hispanizado por la fuerza de su entorno a pesar de no haber querido cambiar de nacionalidad —en treinta y cinco años sólo ha viajado en dos ocasiones a Alemania aprovechando sus vacaciones reglamentarias—, Fritz Rudel ha terminado por asumir la filosofía de la Legión que tanto impresionara a finales de la década de los años veinte a uno de sus más fervientes admiradores, el escritor maldito Pierre Mac Orlan: severa disciplina, sentimiento del honor, de la caballerosidad y el compañerismo, curiosa mezcla de familiaridad aristocrática tal como se estilaba en las relaciones entre los grandes señores y sus siervos, catolicismo a ultranza y apasionado autoritarismo; una original forma en suma de entender la milicia en el siglo XX frente al sentido burgués, pragmático y desprendido de lirismo

167

de su homónima la Legión francesa que el *condottiero* Fritz Rudel —sin saberlo, hijo espiritual de Heine y súbdito de la nación que, pese a su alienación congénita, o gracias a ella, inventó el Romanticismo y el fusil máuser, la imprenta y la forma más rápida de quemar los libros, las sulfamidas y los hornos crematorios, el pistoletazo en la cabeza del joven Werther y la aspirina, el microscopio y la fórmula de la desintegración del átomo; de cuya raza eran Felipe II, defensor del Papa, y Martín Lutero, el *hereje*, y cuna de Marx e Hitler— no podía aceptar en manera alguna como norma de conducta de su vida solitaria que necesita de un asidero, de una tabla de salvación como náufrago que es a la deriva, donde proyectar sus ilusiones y entusiasmo y confortar su amargura y su orfandad transformando freudianamente a sus superiores en padres, a sus iguales en hermanos y a sus subordinados en hijos. Justo, recto, implacable. Si sus hombres marchan a paso ligero él también lo hará; si afrontan un peligro él será el primero en la lucha; si recibe de ellos una confidencia a título personal guardará el secreto como un confesor; si le piden consejo sobre un problema íntimo o caen en el *fading* (depresión legionaria) intenta prudentemente darlos, ayudándoles también a vencer el mal de la nostalgia, lo que no es sin embargo obstáculo para que, inflexible ordenancista, no deje pasar ni una negligencia en el servicio ni vacilar a la hora de imponer, sin rencores, los más duros castigos. Amado y admirado siempre, temido, pero jamás odiado por sus hombres, el capitán-legionario Fritz Rudel ha convertido el objetivo de su vida en el cumplimiento de un extraño código de honor —hecho a su medida— que cumple al pie de la letra. Abstemio, acérrimo enemigo de los juegos de azar, que tolera pero no acepta, y de las drogas que ni acepta ni tolera, empedernido fumador de vegueros, mujeriego sólo de furcias, vivió sus días más felices en los años del Protectorado en el campamento de Dar Riffien y de guarnición en Bir Ojedín, Larache, Xauen, Arcila y Tetuán, frecuentando, envuelto como un árabe en su *djellaba* legionaria, los barrios judíos (Mellah) y los inolvidables burdeles moros llenos de fátimas, embelesándose con los sones de las tañidoras de conchas de mejillones, haciendo fieramente el amor con las *kadidja* y las *Slaui*, niñas casi, astutas y sensuales, con las gargantas tatuadas y los dedos y las orejas cargados de anillos y aretes de plata; o bebiendo con ellas el té con yerbabuena mientras escuchaba en un viejo gramófono rayados discos de las poéticas canciones del Atlas, o conduciendo como acemilero los ronzales de los obstinados mulos, portadores de ametralladoras, o las riendas de las *arabas*, los frágiles carros africanos de dos ruedas de la intendencia militar. Tiempos idos para siempre, aunque aún quede a la Legión el Sahara y el desierto, los palmerales del oasis de Tinz Garrent, el siroco, las puras noches estrelladas, las flores blancas y amarillas de las *rebias*, el galopar a lomo de los camellos, la caza de gerbos, avestruces y varanos, y los fines de semana en Las Palmas, que con sus comercios hindúes —que tanto le recuerdan a Tánger—

169

y sus entrañables mancebías con sus macetas de albahaca sobre los pretiles de sus azoteas y sus alegres pupilas que son aún capaces de convertirse en geishas si es preciso y conversar sin prisa contando sus cuitas en sus encaladas alcobas, antes o después de hacer el amor; cuitas que saben bien que el *condottiero* Rudel comprende y de las cuales jamás se burlará.

Minutos antes de acampar, la noche cae de improviso sobre el destacamento expedicionario, por lo que es preciso, antes de levantar las tiendas de campaña en el baldío próximo a la carretera de Paterna, izar mástiles, tensar vientos, situar estratégicamente el polvorín, la enfermería, los puestos de los centinelas, nombrar guardias e imaginarias, refuerzos y patrullas, cenar el rancho en frío, tocar la retreta y el silencio, conectar los circuitos, poner en marcha y hacer funcionar el grupo eléctrico para iluminar la zona previamente elegida en el mapa cartográfico (hoja 1 004) sin sobrepasar las lindes de las tierras de labor circundantes.

Perfecta coordinación en fin de los esfuerzos individuales para lograr una mayor rapidez operativa y una racional planificación de los métodos para que no se produzca en ellos ni un solo fallo. Duros trabajos sin pausa —porque la diana será tocada como siempre a las seis en punto de la mañana—, dirigidos globalmente por el comandante en funciones y por todos y cada uno de sus oficiales y suboficiales. Diez hombres por tienda, dispuestas exactamente cinco metros unas de otras alrededor de la explanada de cada unidad.

Tras comentar la jornada con los oficiales de su plana mayor, mientras toma té moro y pasa las cuentas de su *sbiaa* (rosario árabe), con la única finalidad de relajarse, el capitán-legionario Fritz Rudel, arrebujándose en una manta cuartelera y sin quitarse siquiera las botas, tendido en su jergón sin charneques, entra en el plano casi astral de un beatífico sueño.

Tras dos días de estancia en el baldío, el destacamento legionario ha transformado la estrecha franja que le fuera asignada en una diminuta ciudad. Las tiendas, tan apresuradamente montadas para pasar la primera noche, han sido ya cuidadosamente alineadas, rodeándoselas de enjalbegadas piedras y apisonándose la tierra de sus calles para una mejor ordenación del tráfico de los vehículos; levantada el asta de su bandera, alambrado su polvorín, señalizada su pequeña plaza de armas, instalados su taller de reparaciones, su cantina y su cocina, su armería, sus letrinas y su botiquín. En poco más de cuarenta y ocho horas, los hombres de la expedición han realizado un duro y penoso trabajo, y la corneta toca por vez primera *paseo* invitándoles a salir del campamento e incluso a marchar al pueblo, posibilidad esta última que a pocos tienta, prefiriendo la mayoría quedarse en la cantina o salir a la descubierta en busca de un ventorrillo donde puedan sentarse bajo su emparrado frente a una botella de vino para regresar con tiempo, antes del toque de fajina.

—Gracias por la calá, hermano, me has dado *vida* —dice el más alto y joven de los dos legionarios.

—No hay por qué darlas, pasota —le contesta el veterano José Salas, como de edad de treinta años, patillas de hacha, ojos bereberes, nariz pajarera y torso de luchador, para tres reenganches en su hoja de servicio y dos tatuajes, uno en cada antebrazo, que marcha junto a él por el camino de Rodales, quitándole importancia al hecho de haberle ofrecido una chupada de su recién encendido cigarrillo de hachís a pesar de no conocerlo de nada y salido ambos casualmente emparejados del campamento cinco minutos antes—. ¿Tú estás en la Segunda, no?

—En la Tercera, tío, en la Tercera. ¿Dónde te mercaste este *chocolate*? No me digas que por estos andurriales descubriste un *camello* que te proporcionó el viático —dice el legionario Javier Villegas, sotabarba pelirroja y mirada podenca de bachiller frustrado, bodas de plata de su vida en Tauro así que llegue mayo.

—¿Crees que esta *gomita* se encuentra en cualquier sitio, pasota? Pégale otro suspiro.

—Teta, compañero, pura resina para fliparse en demasié. Véndeme medio *talego* que estoy seco.

—Cero cartón del siete, *polisario*. Lié las últimas raspas, y ahora a joderme, como está mandado.

—¿Sacaste mucha *canga*, hermano?

—No más que tú, guripa, supongo. Después de lo que nos advirtió el capitán, no creo que muchos se excedieran. Para una semana de administrarme con cabeza y no haberme enrollado como he hecho todos los días. ¿Tú no cargaste antes de embarcar?

—Pero, tío, ¿no viste que la Tercera se incorporó a la expedición en Málaga? Salimos cinco días antes con la intención de llegar los primeros como exploradores y levantar aquí el aduar; pero, a última hora, recibimos orden en contra y nos acuartelaron en La Trinidad.

—No tenía ni idea, pasota. ¿Crees que en esta vereda encontraremos algún chamizo?

—Eso me dijeron.

—Y a mí, *polisario*, pero a estas alturas...

—Al otro lado sí que hay un ventorrillo, pero tendríamos que atravesar los girasoles.

—Se atraviesan, pasota, que a estos esteros no les veo yo el color. Ve orientándote.

—En diagonal. Bajamos la vaguada y subimos la primera cota.

—Pon brújula a ese chamizo. Ni tiempo de apurar media botella vamos a tener.

—Media y cuatro, tío. Ahí mismo está; justo cruzando el sembrado; a menos de un cuarto de hora.

—Endereza entonces, guripa, y vamos derecho al pesebre.

Abriéndose camino entre los girasoles, la pareja legionaria atraviesa en silencio el haza color topacio, llano terreno arcilloso y húmedo desde donde se vislumbra de nuevo —nítido y azul, revoloteando de go-

londrinas cazadoras de insectos y de ávidos jilgueros
que picotean las semillas— el horizonte que se pierde finalmente tras los olivares, a la izquierda de la
—más que vista presentida— serranía de Morón, solitario arrecife calcáreo recortándose en la lejanía. Las
agujas, sobre las esferas de los relojes de pulsera Seiko
de barata africana franquicia de ambos legionarios,
marcan las siete y media de la tarde; hora estelar y un
eslabón más de la cadena de adversas circunstancias
que tejen lentamente la tela de araña de la tragedia.

—¡Pasota, mira bien allí en frente y quédate de
piedra! —dice de pronto parándose en seco José Salas—. Dime que no estoy soñando. Mejor que no me
digas nada; no me lo digas, *polisario.*

El brigada de la segunda compañía, José Manuel
Aranda, se cuadra ante el teniente Pablo Leyva recos-
tado ante la puerta de su tienda sobre una butaca
de lona:

—A sus órdenes.

—¿Terminaste los estadillos?

—Sí, mi teniente.

—Vamos a ver una cosa.

—Usted dirá, mi teniente.

—¿No habremos traído con los enseres de la compañía ningún frigorífico?

—No, mi teniente.

—Supongo que en Paradas habrá tienda de electrodomésticos. Manda a un legionario que se entere del precio de uno, sin pretensiones.

—Sí, mi teniente, pero no creo que sea preciso.

—¿Cómo no va a ser preciso, Aranda? Lo único que echo de menos es el hielo.

—Puedo pedirlo prestado en el caserío de «Los Galindos». He hecho amistad con el capataz. Buena gente. Ha sido legionario.

—Coge entonces un *jeep* y dos hombres y ve a ver si hacen el favor de prestártelo. Si te dicen que no, no insistas. Ya estamos molestando lo suficiente en este pago.

—Usted tranquilo, mi teniente.

—Al toro entonces, Aranda.

—¿Manda usted algo más, mi teniente?

—Gracias, puedes retirarte.

—¿Qué me dices, pasota?, ni a soñar que nos hubiéramos echado.

—Qué cosas, tío, ¿quién nos lo iba a decir hace media hora?

—Coge sólo las hojas secas, *polisario*. A las flores les faltan aún un par de meses para madurar. Mira, éstas y éstas y éstas, y esa de más allá ¡y no te me vuelvas loco!

—Qué mirlo blanco, hermano, ¿qué vamos a hacer?

—De momento, nada, tomar nuestra provisión y callarnos. Aquí hay millones, pasota. ¡Qué hermosura!, ¿has hecho el curso de topografía?

—Lo estoy haciendo, hermano.

—¿Cuánta superficie crees que hay sembrada?

—Dos hectáreas, puede que tres, es difícil calcularlo.

—Precísame, grifota.

—Pues eso, tío, qué quieres que te diga.

—Mañana nos damos un garbeo por el caserío para charlar un rato con el gañán que cuida estas macetas y exigirle la pasta gansa.

—Qué cosas. Una bandada de abejas en una confitería.

—¿Crees que esto es clandestino?

—Seguro.

—Mañana, lo dicho.

—Vale, tío. Vamos a fumarnos otro *canuto*.

—Llévense la nevera en buena hora, brigada —dice Manuel Zapata—, que no hay novedad. Unos días y el tiempo que sea preciso. Faltaba más. Y con mil amores. Hoy por ustedes, mañana por mí, ¿no cree usted, mi brigada? Pues ése y no otro es el lema de un servidor —afirma el capataz banderilleando el quiebro de una situación a la que piensa sacar el mayor partido de ser necesario desde sus fundados por obvios turbios temores.

—Le estamos muy reconocidos —contesta el brigada Aranda—, cualquier cosa que esté a nuestro alcance...

—Y hay más. Propio lo del agua. Llenan ustedes las cisternas en los depósitos municipales cuando la de

176

esta finca es finísima. ¿Que no podemos proporcionársela para todo el campamento? De cajón; pero para los oficiales y suboficiales, bien podían aceptar diariamente un bombo de quinientos litros. Riquísima, ya les digo; incluso demasiado fina para la colada.

—Gracias, no se moleste.

—Pero si no es molestia. Al revés.

—El capitán no toleraría beber otra agua distinta de la que beban sus hombres.

—Muy buena impresión me dio cuando llegó anteayer para entregarme en mano la autorización de franquicia firmada por el señor marqués. Yo ya sabía que vendrían. Me lo comunicó don Antonio, el administrador. Y me alegré, créame.

Cargan ya los legionarios el pequeño frigorífico que sacaron del comedor de la guardería donde, antes de hacer de él entrega, fregara con esmero Juana Martín que se limpia ahora las manos en el delantal y asiente con la cabeza desde el porche. Y pulsa el contacto del *jeep* el brigada Aranda al que continúa haciéndole ofrecimientos Manuel Zapata, apoyado en el quicio, bajo la perpendicular del farol de cerrajería recién encendido adonde van a estrellarse los insectos, caída ya la noche sobre las olambrillas del patio reverberadas sus cales bajo el débil resplandor de la luna a la que parece ladrar la perrilla, acurrucada entre las piernas zambas y campesinas del capataz.

—¡Calla, coño, Morita! Me repito, brigada, para lo que se le ofrezca.

Y para lo que pudiera ofrecérsele también a él, porque desde que recibiera la noticia de la llegada del destacamento legionario, los juramentados de «Los Galindos» no dan tregua a su angustia pensando en la posibilidad del descubrimiento de la plantación de *cannabis* que día a día gana altura y se esponja gloriosa en el haza de la vaguada «La Caprichosa», entre los girasoles, y que día a día es una promesa que en cuento de la lechera puede quedar convertida si, casualmente, es descubierta por la nunca desmentida curiosidad, que él bien conoce, de los legionarios por escudriñar palmo a palmo los contornos que limitan sus vivaques.

Ante esta contingencia, Manuel Zapata Villanueva había convocado a los suyos la víspera para hacerles perder el miedo e infundirles una confianza que también él mismo había perdido no sólo por la aparición del destacamento militar en el predio sino porque, inexplicablemente, ni Tony Mackenzie ni ninguno de los hombres que a veces le acompañan para comprobar la buena marcha de la plantación se habían presentado últimamente en la finca, a la que parecen haber abandonado a su propio destino. Manuel Zapata háblales dicho a su mujer, a González y a Asunción:

—Corremos el peligro de que todo se vaya al garete en un cerrar y abrir de ojos; pero no tenemos otra salida y debemos hacer frente a la situación. A lo hecho, pecho.

—¿Usted cree, Manuel, que podrán descubrir el nido? —preguntó José González Jiménez.

—El nido, los huevos y los pichones.

—Jesús —dijo Asunción—, acabaremos todos en presidio.

—Tú a callar. Cuando hablan los hombres, las mujeres chitón —le cortó como era habitual Juana Martín.

—¿Para qué este debate si no puedo decir ni pío?

—Dejaros de disquisiciones y vamos al grano —sentenció Manuel Zapata—. Debemos hacernos a la idea de que pueden descubrirnos. Se trata, por tanto, de estar prevenidos y que no nos cojan de sorpresa. No quiero ni miedos ni histerismos.

—¿Y qué? ¿Basta eso acaso? —preguntó José González.

—Ninguno de ustedes sabe nada, ¿entendido? Soy yo solamente el que debe salir al paso. Y os juro que me las arreglaré para hacerlo y salir de ésta. Todo se puede comprar. ¿Qué iban a ganar los que descubrieran las plantas con denunciarnos? Al revés, serían los primeros en pretender convertirse en nuestros cómplices.

—Exigirían una millonada.

—Se les promete el oro y el moro. Las mismas palabras tienen un sí que un no.

—¿Y se conformarían?

—Se les da un alivio como señal.

—Pero hombre, Manuel —contesta José González—. No sea usted cándido.

—¿Cándido? Terminando las maniobras se tendrán

que ir forzosamente. Luego, quizá vuelvan o envíen a alguien; pero la mercancía estará ya recolectada. Y estamos hablando por hablar. Si os he reunido es para daros instrucciones al respecto. Nadie ha descubierto aún nada.

—Pero lo descubrirán.

—Lo dicho. Ustedes no saben ni palabra. ¿Entendido?

—Entendido, Manuel —contesta José González.

Y exclama Asunción Peralta secándose una lágrima en el delantal:

—¡Que San Eutropio nos coja confesaos! ¡Acabaremos todos en presidio!

El capitán Fritz Rudel, tras otear el horizonte con los prismáticos de campaña, ordena a su ayudante comunique por heliógrafo a las unidades tácticas que operan en el baldío avanzar en orden abierto —una vez alcanzadas las primeras curvas de nivel de las cotas ciento nueve y ciento diez— y abrir fuego a discreción con balas de fogueo sobre el hipotético enemigo parapetado en la albina de Mataburras.

Transparente mañana de primavera, verdes lomas heridas por los rayos, presentidas esquilas, trigos maduros casi, ya tan pronto, columbrados amarillos soberbios e invencibles y adelantado junio; un eco de cadena de tractores —fantasmales avisos— en los pergujales lejanos; suave brisa serrana, los apagados trinos, un zumbar de abejorros, una dulce cadencia de clamores: una noria, un molino, un carro labrador, el rebuzno de un asno que asombra el olivar, una vaca que pare en la alquería; rabona colegial por ver los uniformes, por escuchar los tiros, y siempre la campana del reloj de la iglesia en la hora y en las medias.

El capitán Fritz Rudel enciende uno de sus inseparables vegueros y vuelve a encararse los *zeiss* a la porcelana de Sajonia de sus ojos para seguir el avance escalonado de las secciones que se abren camino en la media ladera. Un *jeep* de enlace —cabeza de alfiler primero, fulgores del espejo cazador de su parabrisas más tarde y leonadas manchas finalmente— desempolvando la rodada que serpentea a la izquierda del puesto de mando, se detiene chirriante bajo el banderín de señalización de la plana mayor.

—Un telegrama, mi capitán —anuncia el teniente ayudante.

Brillantes los ojos por una incontenida emoción, que no deja traslucir sin embargo, el capitán Fritz Rudel ordena consecutivamente alto el fuego, llamada y asamblea, tres toques para un mismo objetivo:

—Levantamos el campo —dice a su subordinado tras leer el telegrama—. Mañana, a primera hora, embarcaremos en Cádiz. Los Jabalíes han sido destinados al desierto, ¡hora era! Y nos incorporamos a la Bandera. Ya ha salido de San Fernando la agrupación logística que transportará los enseres y hombres que no podamos llevar por nuestros medios.

—Perdimos este asalto, pasota —dice el veterano José Salas a Javier Villegas al que fuera a buscar a la tercera compañía ante el anuncio de la inminente partida del destacamento y frente a la cual ni siquiera tiempo tienen, no ya de entrevistarse con el capataz a la hora de paseo como tenían proyectado y resulta ya imposible sino ni tan siquiera proveerse y hacer acopio de un talego de yerba, sal, aceite y vinagre de sus vidas.

—Lo perdimos, hermano. Por hache o por be siempre me pasa lo mismo. Tengo la suerte de espaldas.

—No he de olvidarme yo de esa besana.

—¿Y de qué serviría?

—Pues que vendrá un propio a exigir la pasta.

—Y lo recibirán con la escopeta, como está mandado. ¿Qué podrían demostrar?

—Por probar que no quede; que esto no finaliza así, te lo aseguro. Un primo tengo en Cádiz al que voy a dar el *queo*, una alhaja, fino como el coral. Se pega un garbeo por estos andurriales y le saca al destripaterrones las entrañas.

—Y yo, mientras, a dos velas. Lo que me importa a mí lo que hagas o dejes de hacer por tu cuenta.

—Pues mira, no, tendrás tu parte. Has dado con un hombre.

—Dios te oiga, hermano.

—Se deja caer por aquí con un par de amiguetes y le tira los tejos por derecho al fulano de la gañanía.

—¿Quién testifica?

—La Legión, pasota, la Legión. ¿O es que no vieron la plantación nuestros ojos?

—¿Y si el cultivo es legal, para los laboratorios? Muchos cientos de hectáreas hay sembradas legalmente de adormidera en Andalucía.

—Clandestino, pasota, te lo digo yo, la grifa no se siembra nunca por derecho. Ni una palabra a nadie, te juegas la mordida. Prométeme guardar el secreto.

—Habiendo como dices de por medio pasta, prometido.

—Adiós, macho, que tocan a formar.

—Vale, hermano. Me has abierto los ojos.

Salada claridad, picassianos añiles; reverberan los mástiles y los cristales quiebran sus azogues en los parterres de las alamedas —donde un simón de punto se detiene—. Lejanos, en la bahía, los faroles de soñadas goletas, los esteros, los azules pretiles —delfín en lontananza—, las cintas tremoladas de la marinería. Acuarela del Sur, viento en la popa del buque de la Armada, a punto de zarpar al Trópico de Cáncer. Cádiz, adiós, adiós, se va mi vida.

En la cubierta del *Explorador Iradier*, el teniente Pablo Leyva se disculpa ante el capitán Fritz Rudel, al que ha ido a comunicar que, por olvido, junto a los enseres de la expedición, ha llegado hasta el buque el frigorífico que el brigada José Manuel Aranda, en su nombre, pidiera prestado a Manuel Zapata, el capataz de «Los Galindos».

—Toma las providencias oportunas para que ese aparato vuelva a sus propietarios y date por amonestado —responde ordenancista el comandante en funciones, y añade—. Por mi parte, y en nombre de la Bandera, pediré epistolarmente disculpas. Puedes retirarte.

De las investigaciones, exhaustivamente practicadas durante la incoacción del sumario, se desprende una caballeresca y galante actitud de la Legión durante su permanencia en tierras de «Los Galindos» e incluso posteriormente, tras haberla ya abandonado sus hombres. El frigorífico de Manuel Zapata (se hace referencia sólo a un electrodoméstico, sin especificarse qué tipo de aparato) que al partir, por olvido y prisa más que por negligencia, se mezclara con los enseres de los expedicionarios, sería devuelto unos días más tarde junto con una carta pidiendo disculpas, firmada por el jefe del destacamento; carta a la que se acompañaba también unos objetos de regalo, cuya identidad no hemos podido precisar, para los encargados de la finca y un ramo de rosas rojas —color de la divisa de la Bandera de los Jabalíes— ofrecida como homenaje a la marquesa de Grañina.

8

Un raro destemplado atardecer; la brisa marinera,
los fulgores no perdidos del todo, rodando aún la moneda del Sol por el Poniente. Sobre los alambres del
recién descorrido toldo a rayas verticales de la terraza
del jardín cara al mar, revuelan las golondrinas ace-
chando los insectos ocultos en la buganvilla roja y
reptante, en los jazmineros y en la dama de noche,
mientras las gaviotas se zambullen intentando inútilmente pescar en las mediterráneas aguas que antes de
dos horas rielará la luna en plenilunio.

—Algún día tendré un yate como ése —dice Tony
Mackenzie, señalando un velero balanceándose al pairo,
a Beatriz Rojas, gata de cascabel de plata y casi profesional del amor que, a falta de mejor presa, llevó la
noche de la víspera a su apartamento en la Barracuda,
junto a la que desayunó y almorzara, y con la que, tras
unas nuevas y efímeras intimidades a la hora de la
siesta, ha vuelto a salir para consolar su depresión y
añoranza de Inglaterra.

—¿Sí, mi amor? No seas *irrelevant*. Tengo escalofríos. ¿Por qué no me llevas al Metro-Club a tomar una copa? —ciñe sus pantalones con las palmas de la mano, tirita y se pone el pullover la ex enfermera, ex modelo y ex esposa transplantada a la costa tras dos años de estancia en Nueva York siguiendo a su marido. Gianni Giandresco, un italoamericano en vacaciones por Europa que conociera durante un pase de modelos en Madrid y del que terminó divorciándose ante la imposibilidad de soportar la vida junto a él en el bulevar West Houston St., de la Pequeña Italia, en el Village *(El Vili)*, en los límites casi de Chinatown.

—Siempre he soñado con un yate, desde niño. Y puedes estar segura que lo tendré —repite Tony.

—Y yo, *darling*.

—Tú los tienes ya, de todas las matrículas y todas las banderas. Pocas noches pasarás fuera de la cabina de un barco.

—La que pasé contigo. ¿Te vas mañana entonces?

—Posiblemente. Ida y vuelta en el día.

—¿Por qué no me invitas? Podía llevarte en mi coche.

—Viaje de negocios, muñeca.

—¿*Top secret*?

—*Top secret*, sí.

—¿En qué andarás tú metido?

—Inmobiliarias, import-export.

—Pero ¿no quedamos en que eras crítico de arte?

—Y lo soy. No creo que una cosa impida la otra. Cuando hay en la Costa una exposición de pintura interesante, envío una crónica a Londres, al *The Sunday Times magazine*.

—¿Y no escribes también libros? —pregunta burlona Beatriz.

—Tengo publicado un interesante estudio sobre El Greco —contesta Tony acordándose de Georgina.

—Eres un tipo increíble. ¿Te he dicho que tenía ganas de conocerte? Te veo muchas mañanas en la playa, solo casi siempre.

—Me gusta la soledad.

—Yo la detesto. ¿Nos vamos? Me muero de frío. Esta noche me tuviste entre tus brazos, tan abrigadita.

¿Frío? Frío en el transcurso de sus dos largos inviernos en Manhattan. Inacabables nevadas. Barridas las calles a cordel —Mac Dougall, Sullivan, Prince y Thomson— por la ventisca. Cortante el aire como en un desfiladero entre los muelles transatlánticos del Hudson y el East River. Aire polar de cuatro meses a cambio de otros tres de horno por culpa de las ardientes ráfagas llegadas desde el golfo de México, y el resto un clima de invernadero: armoniosamente equilibradas borrascas y casi tifones en el curso de menos de doce horas. ¿Frío? Frío allí, no aquí, a orillas del azul Mediterráneo. Allí, en la Pequeña Italia, de la que raras veces saliera para traspasar los límites de Minetta Street y adentrarse en el área de todo el perímetro urbano del Village (Greenwich Village). Frío en su alcoba —que antes fuera de sus suegros— pese a la ardiente calefacción; su alcoba con colcha de crochet y lecho conyugal de altos respaldos y perinolas

187

de latón, viejas veladoras de lágrimas azules en las mesillas de noche con tapas de mármol y estampa de la *Madonna*. Frío siempre, a todas horas. Mientras hervía la pasta en la cocina o bajaba a ayudar a su marido a despachar en la mercería —tan pueblerina como las de algunas viejas ciudades españolas— tiras de encaje, horquillas y alfileres. Frío en definitiva en su corazón de hembra de bandera y sofisticada ex modelo, acreedora de una suite en el Waldorf Astoria o incluso en el Pierre —el hotel de Onassis, el hotel de las primeras citas galantes de Jacqueline Kennedy y el miope armador— y no deudora del mostrador de una pequeña tienda de quincalla —tan rentable económicamente por otro lado— de la Pequeña Italia; siempre rodeada y vigilada por marido, suegros, cuñadas, primos y sobrinos, hieráticamente sentada en el salón sobre un sofá de peluche color guinda presidido por un cromo de Anita Garibaldi.

—De acuerdo, nos vamos —dice, por fin, Tony.

Los cobres remachando las traviesas. Pullman de costa a costa, Nueva York-San Francisco, atravesando Colorado y Utah, Nevada y California. Colgantes redecillas, penumbras de farolas charoladas, biselados cristales. Unas fotografías en sepia de los *felices años* recuperadas en cualquier Rastro, en cualquier Encantes, en cualquier mercado de las Pulgas, y Sinatra y Sepúlveda fustigando bemoles a la sensiblería de los habituales del Metro-Club, dispuestos a intercambiar en público sus frustraciones.

—¿No te va este ambiente ferrocarrilero, mi amor? Esta decoración me disloca. Me recuerda los Estados Unidos.

—Me deprimen los trenes —contesta Tony pensando en el rápido Birmingham-Londres en el que viajaba para pasar casi todos los fines de semana en su ciudad natal tras cinco días al pie de la cadena de montaje de la fábrica de automóviles. En dos años, casi cien veces hasta saberse de memoria el nombre de cada pequeña estación, raudamente cruzada, entre Villesden y Northampton, Rugby y Coventry.

—Pues a mí me chiflan. Sobre todo y particularmente los coches-camas, tan arropadita. Me excitan tanto. Recuerdo una noche en el Union-Pacific.

—Los viajes producen siempre, en efecto, una especial excitación —contesta Tony recordando por una inevitable asociación de ideas a Georgina e intentando imaginarla en estos momentos entregada a una nueva y pintoresca aventura en Londres. ¡Quién sabe!, y con la hora que es, dadas sus aficiones, en The Secret Place of L'Artiste, en el *grill* del Savoy o en la barra del Ribbledale Room del Cavendish Hotel.

—Te has quedado ensimismado. ¿En qué pensabas?

—Precisamente en un viaje que hice en ferrocarril entre Birmingham y Londres.

—Cuéntamelo, mi amor.

—¿De veras te interesa? —pregunta Tony británicamente extrañado.

—Te he dicho que me entusiasman las historias ferroviarias.

—Olvídalo. Tengo que levantarme temprano, y para ti es la hora ideal de buscar nueva compañía.

—No me apetece estar esta noche con nadie. Llévame a cenar a cualquier sitio y luego a tu casa. Mañana, cuando te levantes tan tempranito como piensas, te prepararé el café.

—¿Estuviste realmente en Estados Unidos? —pregunta interesado inesperadamente Tony.

—Dos años, cielo. Dos largos y maravillosos años en Nueva York.

—Una ciudad en completa regresión, según dicen. Por lo visto, el Ayuntamiento no tiene fondos ni para asfaltar las calles.

—Cierto. Pero yo vivía en la Quinta Avenida. Por otro lado, una ciudad en regresión no sería capaz de levantar esa maravilla arquitectónica de las torres gemelas del World-Trade-Center, el edificio más alto del mundo (1).

—La Quinta cruza también Harlem —responde Tony como si fuera un experto en la toponimia de Manhattan, a pesar de no haber atravesado jamás el Atlántico, pese a la posibilidad que tuvo tantas veces de hacerlo para instalarse en Canadá.

—Yo vivía en Midtown, a la altura de la Cuarenta y Seis, entre la Quinta y Madison, mi amor, y tenía un

(1) En 1975 aún lo era. Hoy lo es el Sears Roebuck Building, de Chicago.

190

apartamento de cine en el piso treinta y dos —miente Beatriz.

—¿Y qué hacías tú en Nueva York?

—Hacer lo que se dice hacer, nada. Tenía un marido rico y, por añadidura, «anglo». Frecuentar el Club Veintiuno.

—Perfecto.

—Nueva York no se olvida nunca, a pesar de todo. ¡Aquella misa de doce en San Patricio! Porque yo continué siendo católica.

—¿Por qué a pesar de todo?

—Porque terminé divorciándome, hombre.

—Lo cual debió representar para ti un magnífico negocio. Y proporcionarte una renta vitalicia.

—Preferí una indemnización *cash*, cielo.

—Que fundiste.

—No exactamente. Ya sabes que si el dinero no se sabe manejar inteligentemente...

—No creo que sea tu caso.

—Pues sí, mi amor, lo es.

—Te quedaste sin un clavo.

—Como te lo digo.

—Sin embargo, no hay duda de tu pronta capacidad de recuperación financiera. Has sabido de nuevo abrirte camino. Aquí levantas una pasta —objeta Tony, «duro», como buen conocedor de alondras y palomas de los más distintos pelajes.

—No puedo quejarme. Pero yo he nacido para compartir. ¿No has nacido acaso tú para compartir también?

—Es muy posible —contesta filosóficamente Tony pensando en las veces que ha compartido lo de los demás a cambio de no haber entregado nunca nada.

—¿Serías capaz entonces de compartir, mientras las cosas funcionen, un poco de tu vida conmigo? No te creo celoso. ¿O lo eres?

—*Irrelevan, darling.*

Se deja acariciar las piernas sobre el ajustado pantalón Beatriz, y mira dulcemente los ojos de Tony al que un oculto mecanismo secreto de inconfesadas ternuras ha excitado de nuevo.

—¿Entonces?

—*¡Okey!*

Divorcio no, anulación matrimonial del hortera de Gianni Giandresco —un guapo mozo por otra parte—. De manera que puede decir, si lo desea, que permanece aún soltera como aseguran de nuevo todos sus documentos de identidad. Anulación en Brooklyn en sólo tres semanas a cambio de diez mil dólares. Mágica fórmula jurídica con que el tribunal de la Rota distingue en particular a dos arzobispados en el mundo: Ciudad del Cabo y Nueva York. Un pingüe negocio para el Vaticano montado a escala internacional, llevado de la mano por abogados canonistas —de la Mafia— y del que puede beneficiarse espiritualmente cualquier católico, sea cual fuere su nacionalidad, en posesión de los diez mil dólares, y dispuesto a gastárselos para romper el vínculo.

Ahora, tendida junto a Tony dormido, después de casi tres horas casi ininterrumpidas de hacer fieramente el amor, Beatriz Rojas recuerda —¿Por qué precisamente ahora? ¿Será acaso Tony Mackenzie el hombre de su vida?— las cuatro semanas anteriores a la anulación de su matrimonio en Brooklyn y, muy especialmente, aquella noche de la primera quincena de junio en el bulevar West Houston St., colgado de arcos festoneados de bombillas de colores y atestado de tenderetes de feria para celebrar la verbena de san Genaro, el patrón de Nápoles y, en Nueva York, de toda la colonia italiana.

Alta y roja la luna, sollozante, prendida en el cielo del Vili (Village) como un farol chino del Main Building, al fondo de Washington Square. En los altavoces, viejas melodías napolitanas. Olía a helado de vainilla, a buñuelos, a sudor de axilas de adolescentes latinas, a sangría de fresas, a café expreso, a la cera de los cirios encendidos en el altar de la parroquia —con el interior iluminado y las puertas abiertas de par en par—, a la pólvora de los cohetes que estallaban en la esquina de La Guardia Place, a brandy y a colonia Pompeya.

Paseaba del brazo con su marido —marchoso como un romano del Trastevere, endomingado como un calabrés, perfumado como un tenor— seguidos a unos pasos de cuñadas, primos y sobrinos, cuando se le ocurrió tirar al blanco en una de las barracas del bulevar. Servía las escopetas de aire comprimido un adolescente de ojos verdes y melancólicos que la miró de abajo arriba con una increíble osadía para sus diecinueve años, como desnudándola de su vestido de gasa, de sus medias negras —con costura— e incluso de sus bragas. Se sintió tan turbada que no fue capaz de acertar ni una sola vez en los blancos de serpentinas de colores de las que colgaban sonrientes muñequitas de celuloide ataviadas con el traje regional sardo, pese a haberse hecho comprar por Gianni disparos por valor de cinco dólares. Una hora más tarde, tras la procesión y la ofrenda a san Genaro, cuando los cabezas de familia de la Pequeña Italia desfilaban ante el santo para colgar de sus vestiduras billetes de diez, veinte, cincuenta o cien dólares —incluso cheques nominales a nombre del patrón de Nápoles con cuatro ceros— aquellos ojos verdes se encontraban de nuevo frente a ella mirándola con el mismo deseo y la misma impaciencia. Al día siguiente, aquel muchacho tuvo incluso la temeridad de entrar en la mercería —al haberla visto sola tras el mostrador— para, en un gesto que rompía todos los esquemas aceptados, atreverse a besarla tranquilamente sin que ella supiera ofrecer la menor resistencia. Luego lo abofeteó. Pero quedaron citados al anochecer ante la estatua de Garibaldi en Washington Square. No dijo a nadie dónde iba, no puso siquiera ningún pretexto para salir. En casi dos años y, por vez primera, se liberaba al fin de todas sus ataduras. No regresó a su hogar hasta bien entrada la mañana del día siguiente. Había sido buscada inútilmente en comisarías de policías, en morgue, en hospitales. Cuando regresó, se limitó a decir simplemente a su marido (pese a que no pensaba volver a ver jamás a aquel adolescente de ojos verdes y tristes —que, por otro lado, la había defraudado no sólo en el trato sino en la forma brutal de hacer el amor—) que había decidido pedir el divorcio. No hubo acuerdo. El consejo de familia, reunido, aceptaba sólo en última instancia la anulación canónica. Y pagó exactamente diez mil dólares por conseguirla cuatro semanas más tarde en el arzobispado de Brooklyn. El motivo invocado no fue, naturalmente, el de adulterio sino el de incredibilidad *a priori* del sacramento.

Amanece ya casi. Nacarados reflejos por oriente en el ventanal. Ahora, Beatriz acaricia dulcemente el pecho de Tony, que se sobresalta unos instantes y vuelve a quedarse dormido. En efecto, Nueva York no es una ciudad que se pueda olvidar fácilmente.

Para Beatriz Rojas la Costa significa su desquite a la frustración norteamericana. Noches y madrugadas pasadas en efecto, como intuitivamente descubriera Tony, no sólo en las cámaras de yates de todas las matrículas y todas las banderas —a pesar que en Nueva York no pisara un *cottage* de Long Island ni hubiera tomado nunca una sola copa en el Plaza— sino también, y muy especialmente, en los jardines, en las piscinas, en los porches, en las saletas y en las alcobas de las suntuosas mansiones levantadas, como baluartes del reino, el poder y la gloria, a lo largo de la falda de la sierra Blanca, e incluso en Sotogrande (entre sedas de Courrèges y Cardin, abalorios de platino de Guci y relojes de pulsera de Cartier) por la *high-life* más o menos internacional, los sureños hacendados latifundistas —siempre tan inevitablemente provincianos en su paletismo depredador, como perfectos nietos y biznietos de usureros, clérigos o destripaterrones hijos naturales de la *Desamortización*—, orgullosos de no haber leído en su vida un libro, no haber dejado de asistir ningún domingo a misa y no hablar, a Dios gracias, otra lengua que su dialecto salpicado de *comme il faut*, *negligé*, *cachet*, *blasé*, etc.; y la aristocracia de la sangre, marchosa, manola, taurómaca y goyesca, chulapona y procaz, deshojando la margarita de su hastío —que no alcanza el *spleen* británico, pese a su mimetismo de olímpicas despectivas miradas tan cuidadosamente estudiadas desde su, en ocasiones, inferioridad racial de ensortijados cabellos bereberes y su olivácea piel que mal puede ocultar sus gitanos orígenes, fruto de las inconfesables pasiones folklóricas de sus piadosas y devotísimas hembras.

Parties, «encuentros», recepciones, y alguna que otra rara cita galante a escondidas (rara en cuanto nada hay ya a estas alturas que esconder desde una tolerancia social —como mal menor— que admite a las *demimondaines de luxe* y a los discretos y esculturales efebos, hijos de honorables familias, que aceptan deportivamente las reglas del juego de un erotismo episódico que no socavan los cimientos de la sagrada institución matrimonial sino que más bien ayudan a mantener el vínculo) pero, muy especialmente, alcohol a *gogo* e «intimidades compartidas», exquisito eufemismo para designar *ménages à trois* y camas redondas en el césped de los jardines, en los divanes de los salones —con diáfanos ventanales abiertos al azul mediterráneo, a las verdes pinedas, a los recortados *greens*— y en las alcobas forradas de damascos fucsia presididos por crucificados de marfil o virgencitas románicas.

Su última «intimidad compartida» tuvo lugar en la mansión de un ilustre prócer latifundista en los postreros días de primavera tras una cena fría de treinta comensales que incluía la salvaje belleza —nórdica y latina— de un escogido número de *starlettes* previamente contratadas —a cinco mil duros por ombligo— para el momento de la apoteosis de la mundana fiesta, a partir del cual el cosmopolita elenco formado por una danesa, dos alemanas, una sueca, una francesa y sólo ella como genuina representante de la hispánica raza, marcarían la pauta a seguir en adelante del no por licencioso menos discreto desenfreno iniciado finalmente durante el baile tras los primeros encendidos cigarrillos de hachís y el escanciado —después de haber sido despedido el servicio del *buffet*— de las incoloras copas de *pure malte*, y el transparente y carísimo *scotch* que hace furor en el litoral.

Pese a saber a qué había ido allí —en sus tres años de residencia en el litoral, repartidos entre Torremolinos, Fuengirola y Marbella, no era la primera vez que asistía a una de estas singulares reuniones— y de qué iba la saturnal, invariablemente programada a oros y espadas, sotas y bastos, *carne* y *pescado* en definitiva, y moluscos y plantas coralíferas, y pulpos y tritones y elefantes marinos: toda la gama, en fin, y todos los matices; porque todo era lícito y todo permitido. Pese a saberlo, jamás le había sucedido hasta entonces nada parecido, sin embargo.

La medianoche cocía a fuego lento de procacidades, no por aparentemente galantes menos canallas, la bronceada piel de los asistentes bajo los vestidos de sedas italianas, los tirantes de los sujetadores de lamé y los talles de organdí y muselina; bajo los popelines de las camisas y el cresatén de las solapas. Olía a Chanel 5 y a Nina Ricci, a colonia 4711 y a lociones de Loewe, insuficientes sin embargo para paliar el penetrante aroma de la yerba. Los contactos carnales parecían haber quedado ya firmemente establecidos: parejas, tríos, dobles parejas, escaleras de color... sentándose las primeras bases de los posteriores esplendores eróticos.

—Es muy raro que no nos hayamos conocido antes, aunque es claro que yo me llevo meses sin salir de Madrid —le dijo por fin con voz argentina la jovencísima y espléndida embajadora rioplatense, tras haberla sacado a bailar obligándola a abandonar en seguida la pista y terminando por quedar ambas sentadas a la izquierda de la piscina, bajo la pérgola florida de buganvillas, en la zona de suave penumbra azulada de farolillos venecianos y destellos platinos, aromada de rosales y celindas—. Pero nunca es tarde, ¿verdad? Sería un placer, tanto para mi marido como para mí, que aceptaras pasar la noche en nuestra «choza». Sólo los tres juntos, sin descartar, claro es, a Cocó y a Corinto. ¡Seríamos los cinco tan felices! Este ambiente me deprime, y eres la única muñeca que merece aquí esta noche la pena.

No supo negarse. Ni fue capaz ni le era posible hacerlo. En la previa «contratación» se daba por entendido que se comprometía a aceptar cualquier sugerencia. Salieron, pues, los tres casi furtivamente —alto el embajador, frisando el medio siglo, serio en su máscara, el bigote cortado a la inglesa, digno y erguido, como si fuera a presentar las cartas credenciales—. Subieron al coche —un Fiat 230 azul eléctrico— sin cruzar una sola palabra durante el corto trayecto. Luego, casi sin saber cómo, se encontró tendida ocupando el centro de la alcoba matrimonial tras haber sido morosamente desnudada con diabólicas caricias a cuatro suaves manos, como enguantadas de terciopelo y seda. No le fue preciso preguntar dónde se encontraban Corinto y Cocó. Estaban ya en la alcoba y ahora luchaban casi entre sí —simiescos y lanudos— lamiéndole los muslos camino del sexo. La plasticidad del cuadro de los dos perros pekineses frenéticos por alcanzar la fuente de su vida arrancaba, entre orgasmos, alaridos de placer a la ilustre pareja plenipotenciaria sentada ahora, sin siquiera haberse desnudado, a los pies del lecho isabelino.

Resulta increíble el resultado de la encuesta que hemos realizado tomando como segmento diana veinte peones de los pagos agrícolas limítrofes con «Los Galindos» o que, en razón de sus desplazamientos diarios a otras haciendas más lejanas, frecuentan, en motocicletas o ciclomotores, la carretera de Paterna, o Carmona, más conocida por la de «El Palomar».

Un treinta por ciento del total encuestado asegura que a «Los Galindos» llegaban con cierta asiduidad, a lo largo de los meses anteriores a la tragedia, automóviles ajenos a la finca. Otro diez por ciento ha sido en su respuesta más explícito y hecho referencia a marcas y colores, e incluso a una quema de rastrojos, extraña por realizarse fuera de temporada y que más parecía un incendio.

No es de asombrar en una carretera tan poco frecuentada este recuerdo al cabo de dos años de los crímenes, en cuanto existe un acontecimiento clave para fijarlo; más si tenemos en cuenta la situación del cortijo que blanquea en un extenso llano limitado por dos badenes, que se corresponden con dos alcores, y que lo convierten en un objetivo permanente de atención. Por tanto, cualquier vehículo que cruzara el camino de entrada a la finca —novecientos setenta y ocho metros exactamente desde la bovedilla del alcantarillado de la cuneta hasta el arco del caserío— podía ser perfectamente detectado y, por las mismas razones, el fuego producido por la llamada quema de *rastrojos* también.

Resulta, pues, chocante que durante la investigación oficial no se interrogara también a los vecinos de Paradas que cruzan diariamente dos y, a veces, hasta cuatro la carretera.

Se extraña Tony Mackenzie de la sorprendente y rocambolesca historia que Manuel Zapata acaba de contarle y pregunta incrédulo la cantidad de *cannabis* que los tres extorsionadores han sacado de la hacienda veinte días atrás en una furgoneta DKW, cuya matrícula no tuviera siquiera la precaución de tomar el capataz.

—¿Pero es que no me cree?

(Aparecieron los tres cuando menos Zapata lo esperaba, creyendo que el peligro que significó la estancia del destacamento legionario había pasado, al cabo de una semana de su marcha.

Llegaron el domingo a primera hora. No había dado aún las diez el reloj de San Eutropio. Espléndida mañana de jilgueros, petirrojos y palomas zuritas, único rumor de los primaverales días festivos en la hacienda: sin el clamor de los tractores rotulando las tierras, sin un arado de grada en los surcos, sin una sola máquina agrícola en las besanas. Silencio de día de asueto. Una pareja de milanos rubricaban su ronda circular en la vertical del patio del caserío cuando la furgoneta DKW se detuvo a la altura de la báscula.

—Ustedes dirán qué desean —preguntó el capataz.

—Hablar con el encargado.

—Yo soy el encargado.

Aun antes de que dijera nada, presintió a qué venían. Jamás le había fallado el olfato y pocas situaciones, desde su intuición campesina, le cogían de sorpresa. Una especie de radar parecía adelantarle siempre los acontecimientos.

—Aunque, pensándolo bien, casi mejor sería discutir el asunto con el administrador, o con el mismo dueño —dijo el más alto de los tres hombres, entre los veinticinco y los treinta años, vaqueros bordados y ajustada camisa, gafas de sol, grasientos y rizados cabellos y sandalias de trenzada rafia— porque probablemente —continuó— usted no tendrá los suficientes poderes para tratar directamente un asunto tan delicado como el que por aquí nos trae.

—¿Y quién te dice que no los tiene, compañero? —ironizó el que parecía ser el segundo en jerarquía y talante de los recién llegados, de idéntica indumentaria, aunque calzado con botas de cordones y tocado con un sombrerito pescador de sarga gris pespunteado de hilo rojo.

—Depende de lo que quieran —contestó Zapata, y, continuó, esperando ganar tiempo y regresar de ser posible con la escopeta calibre dieciséis, cargada, de su despacho donde pensaba dirigirse—. En cualquier caso, les ruego me disculpen un momento.

—Quieto, león —amenazó el tercero tomándolo por el brazo—; las escopetas para las perdices y los conejos, que con nosotros de poco te iba a servir. Para qué andarnos con rodeos, venimos a que nos des *vida*, pardillo.

—No sé qué quiere decir. Y quíteme las manos de encima si no quiere que le rompa la crisma.

—Tranquilo, no nos vayamos a enfadar.

—*Vida*, sí, destripaterrones —repitió el primero cogiéndolo por la solapa de patén gris—. Y no te hagas el nuevo, que no hemos venido a visitarte desde tan lejos para oírte decir que te quitemos las manos de encima, sino para que nos alivies con un *kilo* a cambio de no pregonar a los cuatro vientos las macetas de claveles que tienes sembradas entre los girasoles. De modo que tú dirás.

Se derrumbó al nombrársele la yerba, a pesar de haber presentido que venían a propósito de ella desde el instante mismo en que violaran la simbólica cadena, inequívoca señal del allanamiento de la hacienda o antes quizá, cuando viera acercarse lentamente por el camino de albero la vieja furgoneta. Sólo le quedaron fuerzas para balbucir:

—No tengo esos dineros.

Cruzaba ya Juana Martín, secándose ya como siempre las manos en el delantal, el arco de entrada del caserío y se acercaba a la báscula donde su marido parecía discutir con tres desconocidos. Y a punto de volverse estaba para coger la escopeta cuando la tranquilizaron las palabras de su hombre:

—Prepara café para estos amigos. Y no te preocupes, que no hay novedad. Vienen por unos sacos de trigo.

—Vemos que has entrado en razón, pelentrín —dijo a Zapata el del sombrerito pescador—. Así nos gustan a nosotros los hombres —prosiguió—. ¡De modo que no tienes ese dinero!

—Cómo lo iba a tener.

—Vamos a echar un vistazo a esas macetas para comprobar que tenían razón los que nos dijeron que es cosa fina lo que esconden esos girasoles.)

—Contésteme, Zapata, ¿qué cantidad se llevaron? —pregunta Tony al capataz.

—Cargaron la furgoneta hasta los topes. Ya le he dicho que desde que anduvo por el predio el destacamento de la Legión no las tenía todas conmigo. Luego, ha estado usted tanto tiempo sin dar por aquí una vuelta.

—Me reservé el derecho de venir cuando lo creyera oportuno.

—¿Quiere que le diga una cosa?, el día menos pensado se me hinchan las pelotas y le pego fuego a la besana. Como hay Dios.

—Usted no le pegará fuego a nada, Zapata. Usted se subió un día a este carro y en él seguirá subido.

—Porque me llevó usted al huerto. Fuego le pego. ¿A ver quién me lo iba a impedir? Desde hace nueve meses vivo con el corazón en un puño. Ni como ni duermo ni tengo un momento de tranquilidad. Y siempre con la sonrisa en los labios para no alarmar a mi gente. Mientras quede en el cortijo una sola planta no descansaré en paz.

Tony Mackenzie fruce los labios y encaja la mandíbula. Un relámpago de furia cruza sus ojos perdidos a la altura de la veleta, donde zurea una collera de palomas torcaces, pero consigue tranquilizarse:

—No perdamos los nervios.

El peligro acaba por hermanar. Cuando se comparte la suerte, se aúnan las voluntades para luchar desde una misma trinchera. Para Manuel Zapata y los suyos el descubrimiento de la plantación de *cannabis* significaría probablemente el desempleo, la indignidad, la vergüenza y la cárcel, cuando esperaban una tranquila y pasajera vejez de modestas jubilaciones del Censo Agrícola y quizá unas pesetas ahorradas a lo largo de los años. Para Tony Mackenzie, no se columbran mejores horizontes tampoco; pero para él se trata sólo de un tiempo perdido y de unas ilusiones de dinero y de poder marchitas. Une, evidentemente, el peligro que a ambos toca, mas el capataz sólo es consciente del que cree le atañe, sin pensar que otros distintos y más graves también le acechan:

—¡Fácil es decirlo!

—De aquí a un par de semanas haremos la recolección y se convertirá usted en un hombre rico.

—¿Rico? El que nace para arbusto, no llega a árbol —filosofa el capataz.

Desde la llegada de la Bandera Legionaria al predio, Manuel Zapata es consciente de su vulnerabilidad. Grande es el campo, pero un simple cadáver humano enterrado en un baldío acaba por descubrirse, como acaba por descubrirse también un rosal salvaje nacido en una linde y un acebuche en un pegujal, los espárragos en los trigos y los níscalos en la otoñada a la sombra protectora de los pinares serranos. Nada puede ocultarse. La tierra no es como la mar aunque un naufragio deje también su rastro en los océanos.

Durante los primeros meses posteriores a la siembra, cada tallo verde de *cannabis* creciendo en la besana enervaba dulcemente su ánimo y una felicidad le corría como un reguero de hormigas por la piel. Más tarde la yerba comenzó a producirle una mezcla de angustia e inquietud; pero no es hasta ahora, a punto ya casi la recolección como asegura Tony Mackenzie, cuando su decisión de arrojar la esponja y bajar las armas es irreversible.

—Déjese de refranes y no sea absurdo. Lo importante es no perder la calma.

—La calma la perdí el mismo día que trajo usted la semilla.

Sol de ascua vencido por las rachas del viento. En la lejanía no se perfilan, como debieran en día tan puro, los montes de Morón. Calor húmedo, caliginoso, calor de día del Corpus; el romero, el tomillo, la juncia y la retama en las calles del pueblo que dos horas atrás recorriera la custodia centelleante de reflejos bajo el palio de seda grana festoneado de oro; colgados los balcones y las rejas de colchas y banderas al paso de la procesión que Juana Martín ha ido a reverenciar desde la ventana de la casa de José González y Asunción, casados desde enero, dejando a solas a su marido con sus justificados temores y su angustia rayana en el histerismo.

Prende un cigarrillo Tony y mira fijamente los cansados e insomnes ojos del capataz:

—Pues hay que intentarlo, compañero.

—No sé siquiera el sitio donde puedo avisarle para que venga a echarme una mano cuando lo necesite. En cambio, usted de mí lo sabe todo a pesar de seguir siendo para mí un desconocido. Mala hora en la que llegó. Me dejó tirado a los pies de los caballos, inglés.

—Yo corro, en cambio, otros riesgos que usted desconoce. ¿Si le prende fuego a la besana como hace un momento ha amenazado quién pierde más, dígame? En fin, le daré mi número de teléfono.

Parece tranquilizarse Zapata desde una ingenuidad inexplicable dado su carácter y su desconfianza frente a todo, como si una tabla de salvación le hubiera ofrecido bajo el azote de una tempestad, simplemente por haber pronunciado unos números. O quizá sólo se engaña a sí mismo por la imperiosa necesidad que tiene de saberse de alguna manera protegido. Para demostrar su reconocimiento, tiende la mano a Tony que la estrecha con fuerza antes de volver a reconfortarlo con palabras que parece dirigir también a sí mismo:

—¡Que no se diga que un par de ex legionarios tienen miedo! Lo peor ya ha pasado.

Está demostrado, por testimonios irrefutables, que Manuel Zapata Villanueva puso más de una conferencia telefónica en los primeros días de julio de 1975. Averiguar estos extremos, sin embargo, no parece que interesara a los investigadores oficiales. No fue sólo éste sino otros muchos posibles hilos de la trama los que no se tuvieron inexplicablemente para nada en cuenta, no se estudió, por ejemplo, como se debiera

207

haber hecho ni la idiosincrasia de los asesinados, ni sus relaciones sociales y afectivas desde una perspectiva psicológica. Según los informes que hemos podido obtener gracias a la colaboración de vecinos de Paradas, que se decidieron por fin a romper su largo silencio, la elementalidad de los protagonistas del drama que asoló el cortijo es muy discutible, hasta el punto de que, antes de saber si estábamos por fin sobre la verdadera pista, llegamos a cuestionar que pudiera tratarse de un drama rural o de una venganza, precisamente en razón de la complejidad de los personajes, exceptuando a Ramón Parrilla, que murió asesinado simplemente por haber sido testigo de la *razzia*. Complejidad que nadie se ha preocupado de desvelar, aunque no se ignorara que la tensión en el matrimonio Manuel Zapata-Juana Martín era constante y se había agudizado en los últimos años; que en dos ocasiones Juana estuvo a punto de abandonar a su marido para irse a vivir a Barcelona o a Cádiz con una de sus dos hijas casadas; que no les unía más que la soledad y el mutuo interés de conseguir ahorrar, rápidamente de ser posible, lo suficiente para liberarse el uno del otro; que no sólo Zapata era un bebedor habitual y agresivo sino que, aunque no en la misma medida, Juana bebía también frecuentemente. La mujer del capataz de «Los Galindos» era, además, alegre, imaginativa, extrovertida y dotada de una gran inteligencia natural; justamente el polo opuesto al de su marido: huraño, torvo, de una tacañería rayana en lo patológico, inflexible en el trato con sus inferiores y sin un solo amigo en el pueblo, con quien nadie prácticamente trataba a excepción de los directores de los bancos y del Servicio Nacional del Trigo y la comandancia de puesto de la Guardia Civil en la que se veía obligado a solicitar guías de ganado, autorizaciones de embarque y otras licencias. Pese a haber sobrepasado con creces el medio siglo, Manuel Zapata sentía una obsesión casi enfermiza por el sexo, aunque no se le conocieran sin embargo aventuras amorosas, al menos en el recuerdo de los que, siempre superficialmente, lo trataran. Manuel Zapata Villanueva no se había logrado, pues, integrar, ni al parecer lo deseaba, en la pequeña y totalmente jerarquizada villa de Paradas; sociedad rural formada, por culpa del absentismo de sus grandes propietarios, por encargados de haciendas, medianos labradores, funcionarios, profesionales y comerciantes, servidores casi exclusivos de la lejana oligarquía terrateniente. No resulta menos complejo, en su mutua relación y en cada uno de ellos por separado, el mundo del matrimonio José González Jiménez y Asunción Peralta Montero. Mucho mayor ella que él y emparentada indirectamente con los capataces, dícese no era exactamente ni mucho menos lo que aparentaba, una amante y fiel esposa sólo preocupada de su casa y de su contradictorio marido, un hombre especialmente capacitado en razón de su pequeña estatura, su miopía y su enclenque complexión para acumular rencores, pese a la aparente amabilidad en el trato con la que parecía escudarse y enmascaraba su sinuosidad.

Paradójicamente, del aspecto físico de las víctimas

nadie es capaz de fijar gráficamente el recuerdo de sus imágenes; exceptuando la de Ramón Parrilla, que es descrito por sus vecinos como un buen mozo, de edad como de cuarenta años y de mediana estatura, pero bien hecho, fuerte y de sonrisa amplia y agradable. Para unos, Manuel Zapata era alto y desgarbado, y Juana Martín resultaba baja a su lado aunque era corpulenta y había engordado últimamente. «Todo ojos la Juana», dicen unos y otros, «todo nervios el capataz». Aseguran los más en cambio que el matrimonio tenía idéntica estatura y que apenas se notaba la diferencia —seis años— de edad entre uno y otro. «Juana más joven que su marido; él, aunque estaba muy avejentado y con la cara llena de arrugas, era fuerte como un roble», es otra de las interpretaciones. La descripción de José González —veintisiete años— y Asunción Peralta Montero —treinta y cuatro años— suele concordar: él, «escuchimizado, poquita cosa, muy presumido, corto de vista y muy poseído de sí mismo». «La Asunción era muy basta y más bien entrada en carnes, llenita, las piernas cortas y más alta que él; no se apreciaba la diferencia de edad a pesar de ser él mucho más joven; tenía ella las cejas muy espesas y sin depilar, poco se pintaba, creo.» «Ninguno de los cuatro sobresalía, gente corriente y vulgar que no llamaba en absoluto la atención; quizá José González pero por la vista. Que Dios los haya perdonado.»

Sin lugar a dudas, el anterior cura párroco, don Jesús Remírez Munera, podría habernos completado múltiples y coloristas pinceladas del retrato de los que fueran sus feligreses, aunque no frecuentaran su parroquia. Se dice que llegó a anotar en su diario, durante las semanas que siguieron a los crímenes, muchas observaciones sobre los caracteres de ambos matrimonios en particular y la vida en el cortijo de «Los Galindos» en general, así como —en trece folios aparte— su versión sobre el móvil de los crímenes. Desgraciadamente, el viejo cura vasco, tan querido por el pueblo de Paradas, falleció también —noviembre de 1975— pocos meses más tarde de la tragedia, y su diario y los trece preciosos folios han desaparecido misteriosamente.

—¿Me llevarás contigo en tu próximo viaje? —pregunta Beatriz a Tony mientras se coloca una moña de jazmines en el pelo ante el espejo de la alcoba de su apartamento en Eurosol minutos antes de salir para el aeropuerto y despedir a Tony que saldrá dentro de una hora y media, pasajero en el vuelo 837 de la British Airways, rumbo a Londres.

—Por supuesto. A partir de ahora, me será muy difícil prescindir de ti.

Aunque no sabe exactamente dónde encaja, Tony Mackenzie la presiente ya dentro de su vida, aunque no sepa aún el papel que a ella le corresponderá en el rompecabezas del juego desde su angustioso desconcierto frente a la peligrosa situación psíquica por la que pasa su socio de «Los Galindos» y del que, tras su última visita al cortijo dos días atrás, lo espera todo:

desde delatarse a pegarse un tiro pasando por prender, como ha amenazado, fuego a la plantación para no dejar ni rastro de sus culpas.

Dada su participación como principal protagonista del robo del hotel Richwood —expediente policíaco 23456/74, no cerrado aún en la primavera de 1978— es difícil explicar, durante la última decena de junio, el viaje de Tony Mackenzie a Londres donde, al parecer, permaneció a lo largo de una semana, durante la que frecuentó asiduamente sus medios habituales: carreras de caballos —incluida la de Ascot, en el condado de Berkshire, donde al parecer también ganó cinco mil libras—, garitos de los distritos norte de la ciudad con timbas y billares, y el inevitable Soho, base logística de sus andanzas de siempre y epicentro de sus aventuras. ¿Llamó Tony en el transcurso de estos siete días a Georgina por teléfono y llegaron a encontrarse efectivamente en el Ribbesdale Room del Cavendish Hotel antes de pasar la noche juntos no ya en el apartamento de Pawtman Cawers sino en Montagu Place, la casa donde, tras la muerte de su abuela, Georgina se había mudado, como sospecha W. S., oficial de la Policía Metropolitana? En cualquier caso, del veintisiete de junio al cuatro de julio, Tony Mackenzie estuvo ausente de Torremolinos, y al regresar trajo a Beatriz —que, en efecto, fue a despedirle al aeropuerto, como nos aseguraría en la entrevista que sostendríamos con ella dos años más tarde— presentes inequívocamente

212

británicos : baratas y vulgares bagatelas que la hicieron, no obstante, feliz.

Aún no ha arribado a Tánger el monarca alahuita con su mirada torva y sus ojos glaucos, pero la ciudad prepara ya la llegada de la corte y del Gobierno de Hassán II que convertirá durante mes y medio el antiguo enclave cosmopolita en la capital de verano del reino de Marruecos. Se adecentan las avenidas, se encalan los suburbios, se encarcela a los sospechosos, se toman costosas e inútiles medidas de seguridad porque a nadie se le ocurriría ya atentar contra el poderoso señor feudal del Atlas rodeado siempre de su guardia pretoriana, sus consejeros franceses, sus favoritos, sus concubinas y su Estado Mayor con uniformes de opereta y dorados cordones relampagueantes al sol y a las arañas de cristal de palacio, durante las inacabables recepciones al cuerpo diplomático.

Desde el zoco Grande y el Chico a cabo Espartel con sus grutas de Hércules, los súbditos del soberano aguardan con impaciencia como todos los años el día del aterrizaje del *Valedor de los pobres* en el aeropuerto y su entrada triunfal en la ciudad para dirigirse directamente a la mezquita de Sidi Baubid, con su policromado alminar de azulejos y firmar, tras la acción de gracias, el edicto real que perdona todos los pecados no políticos de los creyentes.

Villa María Francisca, ocho tarde; reunión del Gran Consejo; ventanal al jardín donde se mecen las palmeras enanas y tremolan los pétalos de las rosas en sus parterres orillados de bojes y pitosporos. Marea alta en el Estrecho. Viento del sur con olor a limones, a dátiles y a menta. Se levanta el acta tras la decisión recién tomada. Huele a cigarrillos Abdulla, a tabaco de Vuelta Abajo, a perfume alemán, a cuero nuevo, a corbata de seda, a camisa italiana, a turbante de lino, a alpaca inglesa y a aliento de tigre. Las conclusiones a que ha llegado la ejecutiva marroquí de la *Organización* son terminantes, y su texto, breve y explícito, pudo haber quedado redactado en estos términos:

«Ante la situación creada por la salida de mercancía de nuestra explotación en Paradas, que ha circulado al margen de las cadenas regulares de nuestra distribución en la península Ibérica, este Consejo ha decidido por unanimidad proceder a su inmediata recolección, y, asimismo, exigir las correspondientes responsabilidades. A la mayor brevedad posible, se desplazará al lugar donde se ubica la tierra contratada el gerente de ellas, míster Mackenzie —cuya conducta queda puesta en entredicho pese a su protesta de lealtad— acompañado de hombres de absoluta confianza que dirigirán el embarque de la mercancía en rama, operación que será realizada utilizando los medios de transporte ya empleados en otras misiones análogas.»

Pasaron para Tánger, y no volverán, los días de la gloriosa era mercantil del primer Estatuto de ciudad franca impuesto por los firmantes de la conferencia de Algeciras. Sesenta y cinco años ya desde entonces, cuando el oro era moneda corriente en la capital, los cabarets descorchaban sólo *cognac* y *champagne* franceses, y los restaurantes vinos del Rhin; el amor de una púber targui recién llegada del desierto a la Casbah, costaba media esterlina; las alfombras persas cubrían los *halls* de todos los hoteles; los bronces, sedas y porcelanas orientales decoraban todas las villas de barrio europeo y en el puerto fondeaban las flotas de todas las naciones.

Inolvidables tiempos, no perdidos en parte, sin embargo, para una selecta minoría que continúa manejando un comercio que la administración real se encarga de proteger de las asechanzas de la Comisión Internacional Antidroga.

9

MANUEL ZAPATA VILLANUEVA, dejando volar la imaginación, víctima de todos los caprichos de una edad
asaeteada ya de clamores geriátricos, ha escuchado des-
pierto todas las horas y todas las medias en el reloj
de la torre de la iglesia de San Eutropio. Tendido sobre
unos viejos aparejos de mulas surcadoras, bajo las
estrellas —Venus glacial, las Osas y los Carros titilan-
do—, cubierto por una manta, de cabezal un sudadero
de yuntas, calzadas las botas de elástico, cintados los
pantalones de patén, cerrada la camisa sin cuello, la
escopeta cargada de postas apretada entre las piernas,
Zapata ha oído también el ulular de todas las lechu-
zas, los ladridos de todos los perros y el canto de todos
los grillos. Al capataz de «Los Galindos» le ha sido
imposible conciliar el sueño a pesar de haber salido al
relente del patio tras abandonar la cama con sus pe-
gajosas sábanas y la asfixiante alcoba, sin apenas ven-
tilación, de la guardería.

Se presiente ya el alba; los gorriones, en las acacias, anuncian con sus trinos el nuevo día, y lejanos llegan desde la carretera los apagados ecos de los tubos de escape de las primeras motocicletas y ciclomotores que suben el medio repecho del abandonado cortijo «La Zapatera» para dirigirse a los tajos agrícolas.

Una nueva jornada de trabajo se abre ante Manuel Zapata Villanueva, pero él continúa tendido aún, inmóvil, a la izquierda de la jamba de la entrada del caserío, cayéndosele los párpados, amarga la boca del vino y del tabaco; copas y cigarrillos que no sólo no lograron aliviar su angustia sino que terminaron por convertirla en honda depresión —pozo sin fondo— desde el cual su horizonte queda enturbiado por todos los fantasmas de su pasado a los que se suma su arrepentimiento y que sólo un certero disparo de escopeta sobre el techo de su boca o sus sienes sería capaz de definitivamente ahuyentar.

Relinchan los caballos; la claridad rosada de las primeras luces, opacos resplandores apenas aún columbrados, comienza a recortar los perfiles del patio y a realzar los contornos de la báscula, las columnas de acero del cobertizo y el depósito de agua apernacado en su caballete de cemento.

Manuel Zapata hace un inútil esfuerzo para levantarse y siente como se le agarrotan los huesos que crujen en un segundo intento cuando logra ponerse por fin en pie y, tras echarse la escopeta al hombro, dirigir sus pasos a la guardería para beber ávidamente un vaso de agua helada y terminar por sentarse y apoyar la cabeza, sollozando, en la mesa del comedor. Llanto y luto por él mismo y por la vida que ha decidido quitarse, única fórmula válida —como si hubiera alguna— de salvarse al menos de la incertidumbre que le ronda.

Tomada ya la suprema decisión, irrevocable —piensa desde la catapulta de ese último valor que da la irreflexión desde la antesala misma de la locura— comienza a inundarlo ahora una gran calma, falsa seguridad que precede siempre a las muertes voluntarias. Se quitará la vida por la tarde, entre dos luces, tras haber dejado dispuesta, en la medida de sus limitaciones, su última voluntad. Todo lo poco ahorrado, más de lo que suponen los que tan mal le quieren en el pueblo, será para sus hijas. El buen y el mal dinero juntos: la soldada, los fosfatos y nitrógenos sisados, las pajas y granos revendidos sin autorización, las merinas que pastaron sin permiso en los barbechos.

Como si hubiera adivinado su pensamiento, Juana Martín abre la puerta de la alcoba, entra en el baño para alisarse el pelo y cubrir las apariencias del lavado y llega luego a la cocina donde se pone a moler el café del desayuno tras enjuagarse la boca con una copa de cazalla seca y un vaso de agua. «¿Estás ahí?», pregunta, y repite: «¿Estás ahí, Manuel?»

Pero Zapata no contesta. ¿Para qué hacerlo a estas alturas? Sonámbulo, escalofriado, abandona el comedor y se dirige a su cuchitril para tomar de la vieja mesa de despacho una nueva cajetilla de tabaco. Luego sale al patio donde la aurora ha quedado atrás y los reflejos del sol quiebran ya los cristales. Lentamente, se dirige a la cuadra y, después de echar un vistazo a los caballos, cambiarles el agua y poner nuevos piensos en los pesebres, cruza la olambrilla y entra en la casa de máquinas donde comprueba el nivel del gasoil y conecta el elevador para hacer subir quinientos litros de combustible desde la cisterna al depósito, la cantidad prevista para un día en coches y tractores.

Última voluntad. Nunca antes había pensado en encontrarse frente a una situación límite. Tendrá, pues, no sólo que ir al pueblo, sino dar con la fórmula para transferir sin sospechas sus ahorros, cifra ya con seis ceros, que dará que pensar sin duda alguna, después de distribuir como todas las mañanas el trabajo en la gañanía —a punto de llegar ya el peonaje a la hacienda— y encargar a José González, que aparcará de un momento a otro como todos los días su Seiscientos en el ribazo, a la sombra de las acacias, la responsabilidad del cortijo durante su ausencia. Sospechas ciertamente, sin duda, por el inesperado trasvase del dinero; pero es el único remedio. No importa al fin y al cabo lo que puedan pensar. Quizá incluso escriba al juez, si ganas para escribir aún tiene, antes de apretar el gatillo.

Ha llegado al pueblo a pie, como suele hacerlo siempre, caminando por la carretera bajo el sol tibio aún, no ardiente todavía, a buen paso pese a la resaca que enturbia su cabeza protegida por la gorrilla terciada de patén gris, como sus pantalones y su blusa. Desgarros interiores, falta de coordinación y de reflejos

tras tantas semanas de obsesión y tantos días de vino
y aguardientes, imposibles e inútiles remedios para
vencer el miedo. Ni siquiera ha desayunado. El café le
produce ardentías, no lo soporta; no lo ha soportado
nunca y, mucho menos, desde que el alcohol lo apresara
definitivamente en sus redes.

Plazas y calles limpias y encaladas, el arbolado, rep-
tantes las enredaderas en los troncos. Es preciso de-
volver a la sangre, como siempre, el nivel alcohólico que
ha perdido para poder recuperar una parte de su tono
vital y no encontrarse pronto al borde del abismo.

No han dado aún las diez de la mañana en San
Eutropio, una constante que cuadricula el tiempo para
todos, aun para aquellos que en el pueblo desean ignorar las horas. Se decide por fin a dar el primer paso
y entrar casi subrepticiamente en un tabanco de ta-
blones rayados y empolvados cristales, con mostrador
de mármol y amoniacal olor de vómito y orines llegados del retrete, para pedir una primera cerveza fría
antes de encender el cigarrillo que no se atreviera a
prender antes; trémulos los dedos, unos instantes atrás
no hubiera sido capaz desde su nerviosa torpeza ni de
rascar una cerilla.

Carricoches, tractores, bicicletas. Larga reata de bu-
rritos cargados con serones llenos de arena húmeda. La
vida mercantil del pueblo comienza a desperezarse tras
un lento despertar; abiertos ya los comercios, las tabernas, los bancos. Los ancianos, sentados en las sombras de las casas, matan su ocio y su melancolía fumando en silencio el amargo tabaco de su soledad

perdidos los ojos en la cal de los muros, pantalla cinematográfica donde se proyectan sus recuerdos: pasiones, hijos muertos, ilusiones ganadas o perdidas, ganadas o perdidas batallas, afanes que ahora resultan ya estériles y lejanos. Huele a café con leche y a anís dulce, a estiércol, a churros calientes ensartados en varitas de mimbre, a esparto, a gasolina, a melón agrio y a helado de vainilla. Juegan las niñas, en vacaciones ya, al turró, y las escobas domésticas barren las aceras de los portales. Pían los jilgueros y los canarios sacados a los balcones cuyas jambas protegen las persianas colgadas como toldos de las barandas verdes derramadas de macetas de gitanillas y geranios.

Manuel Zapata cruza la calle del Ayuntamiento y, en su ensimismación, está a punto de ser atropellado por una motocicleta; la Caja de Ahorros se encuentra ahora sólo a unos pasos que no se atreve a dar. «¿Y si a pesar de todo —piensa— mereciera la vida la pena de vivirse?» Y acuerda que lo más razonable sería pegar sencillamente fuego a la plantación.

Cante jondo en la radio tras la guía comercial. Rompe el silencio la voz de Pericón de Cádiz: «Tiro piedras por la calle y al que le dé que perdone, mi cabeza tengo loca de tantas cavilaciones.» Manuel Zapata decide regresar a «Los Galindos», tras su determinación, sin entrar siquiera en la Caja Postal de Ahorros.

Juana Martín, tras recoger los huevos en los ponederos, dar de comer a las gallinas y cambiarles el agua, cortar en el huerto unas sandías y lavar y tender unas sábanas, regresa a su vivienda dispuesta a hacer una limpieza general de la casa. Zafarrancho de combate doméstico, demorado durante semanas, y que ha decidido tocarse por fin a sí misma, pese a sus preocupaciones por la aparición de los extorsionadores, con los que su marido pactara sin consultarla, y que en cualquier momento pueden llegar otra vez al cortijo con nuevas exigencias que no se limitarán ya posiblemente a las de unas cargas de yerba, a unas malas palabras y a un mal trato.

Para otras limpiezas generales que incluyen cada año el encalado de la cocina, el deshollinado del comedor y el barniz a la almagra de los zócalos, Juana Martín elige siempre los primeros días de otoño, los días prólogos de la siembra, antes de las primeras lluvias, pasado ya el verdeo de las aceitunas. Pero piensa que para entonces habrá abandonado ya la hacienda y una vida distinta, abierto ya el horizonte a sus ensueños, llegará con la caída de las primeras hojas. Atrás eras, chamizos, tractores, gallineros, cuadra, turbios amaneceres del invierno, cenicientos crepúsculos de veinte largos años soportando el terruño.

Volverá hoy a pintar también de verde las macetas alineadas en el pasillo, pondrá sobre la mesa de comedor un nuevo jarrón de loza y otro sobre la repisa de la chimenea apagada; quitará el polvo a los enmarcados cromos de Explosivos Riotinto. Todo lo trastocará en fin en una nueva ordenación del ajuar: sillas, armarios, perchas, televisión, pañitos de crochet; pues se ha levantado con ánimos y fuerzas y, sin la ayuda de nadie, transformará la vivienda y cambiará la distribución de los muebles para que los días que le faltan para dejar de vivir en ella resulten, en cierta medida, diferentes.

Después de cruzar el patio, secándose como siempre las manos en el delantal, Juana Martín entra en la casa de máquinas y pide a José González —que saca tuerca a un tubo de cobre en una terraja— que le eche una mano para retirar el aparador y la cómoda.

Resulta inexplicable la falta de cuidados que se puso el día de los crímenes en que no quedaran borradas —como desgraciadamente quedaron— las huellas de los asesinos, y que no disculpa más que la certeza mantenida durante las tres primeras fechas de un único culpable, Zapata, cuyo cadáver no fuera descubierto hasta setenta y dos horas más tarde. ¿Premeditación, falta de medios o temor de los investigadores a enfrentarse con una realidad que pudiera resultar escandalosa? Y no huellas en su sentido estricto, sino posibles pistas, indicios y disposición de los enseres. No sólo fue todo borrado, consciente o inconscientemente, sino trastocado hasta el punto que incluso pudieran haber sido denunciadas como encubridoras. Por ejemplo: poco antes de la llegada del equipo móvil de Televisión Española, se cambiaron de lugar incluso algunos muebles para permitir filmar a las cámaras y se limpió el polvo (¿?) de otros con el mismo pretexto. ¿Quién dio esta orden? Por otro lado, el juez fue avisado evidentemente con retraso; debiendo haberse hecho en el momento mismo en que Antonio Fenet y Antonio Escobar comunicaron el suceso en el cuartel de la Guardia Civil y no tres horas más tarde; las primeras autopsias no debieron resultar tampoco muy convincentes en cuanto, a los cinco días de haberse practicado, se volvió a ordenar la exhumación de los cadáveres, descubriéndose sólo entonces el orificio producido por arma de fuego en el cráneo de José González Jiménez.

No hay duda de que cuando, tras un asesinato, las primeras pruebas periciales son tomadas incorrectamente y no se atan desde un principio todos los posibles cabos, poco pueden remediar ya las diligencias posteriores. Con respecto a que el propietario del cortijo, el marqués de Grañina, pasara la noche de autos en la finca sin la menor protección policial, siendo como era en potencia un sospechoso más —aunque se aceptara tan a la ligera la culpabilidad de Zapata, simplemente porque había desaparecido—, llevó a hacer sospechar a J. M. T., de la policía metropolitana de Londres —que siguió el caso con todo interés a través de la prensa como otros centenares de colegas en toda Europa—, que pudo haber ¡conspiración! Tres años más tarde, no piensa lo mismo después del sesgo que tomaron los acontecimientos: el asesinato de Georgina Leighton y de Tony Mackenzie en Londres el martes siete de junio de 1977, el mismo día en que se celebraba el jubileo —bodas de plata de sus veinticinco años de reinado— de Isabel de Inglaterra.

Insufribles días de temporada alta en el litoral. La costa ha perdido todos sus encantos primaverales; sus mañanas de playa, sus tardes de jazmines y sus dulces noches pobladas sólo casi de miradas cívicas de la Málaga azul. No se puede salir como hace sólo unas semanas a darse un chapuzón o a tomar una copa de no enfilar la carretera hacia el oeste o sacar en el aeropuerto un billete para el infierno. Ni la misma carne de lujo tiene ya el mismo precio en un mercado cuya bolsa de valores, estable todo el resto del año, ya apenas se cotiza.

—Quiero que me acompañes —dice Tony a Beatriz, y continúa—: No sé si puedo confiar en ti, pero voy a arriesgarme.

Siempre a lo largo de su vida, la complicidad de una mujer: telefonistas, camareras, secretarias, coristas, azafatas, modelos, prostitutas, conquistadas gracias no sólo a su apostura, intuición, histrionismo e insolencia sino también a su mirada de niño desvalido que aviva invariablemente el espíritu maternal de sus presuntas víctimas. Tras la llamada telefónica, recibida a las nueve de la mañana, en que se le comunicara el día y la hora que tendrá que realizar un viaje a «Los Galindos» acompañando a los hombres elegidos por el Gran Consejo para planificar la cosecha y el transporte de la mercancía, Beatriz encaja, por fin, en el *puzzle*, y puede resultar incluso una pieza clave.

—¿Dudas de mi discreción? —protesta Beatriz.

—De tu discreción no, de tu lealtad.

—...

—Es necesario que sepas algo, por lo que me pudiera pasar.

—¿Pasarte a ti?

—Quizá mis precauciones sean excesivas; pero nunca se saben las intenciones del competidor.

—No entiendo absolutamente nada, si no eres más claro.

—Invertí en unas tierras.

—¿En una urbanización?

—En tierras de labor.

—¿De labor?

—Digamos mejor, para entendernos, que estoy asociado en la experiencia de la explotación de un híbrido de soja. —Improvisa Tony sobre la marcha, y deja volar su fantasía hasta hacer aceptable en ciertos límites su verosimilitud—. Si da resultado su adaptación, intento obtener la exclusiva de la semilla para toda el área de los países mediterráneos.

—¿Y puede saberse qué pinto yo en toda esa historia?

—De momento sólo quiero que conozcas la hacienda, por si surge algún contratiempo.

Antes de emigrar a Venezuela, donde reside en la actualidad, Beatriz regentó, desde enero de 1976 a abril de 1977, una minúscula *boutique* en la Manga del mar Menor. Llegar hasta Beatriz primero y conseguir días

226

más tarde concertar con ella una entrevista en la terraza del hotel Entremares resultó una ocasión única, y gracias a ella se pudieron desatar determinados nudos que hacen verosímil la historia. Alguien —cuyo nombre por obvias razones es imposible hacer constar— me facilitó su paradero a lo largo del curso de mi investigación, mientras destejía pacientemente la madeja del caso, mil veces enredada, cuyos cabos sueltos estuvieron en todo momento a punto de interrumpirse, perderse, o ser cortados por manos invisibles.

El nombre de Beatriz Rojas —que oculta por supuesto otro— surgió un día inesperadamente de la maraña de datos acumulados y poco a poco —diamante entre tantas piedras falsas— fue tomando unas dimensiones inesperadas, dada la importancia del papel que le tocó jugar indirectamente en los sangrientos sucesos de «Los Galindos». Por ahora baste decir que resultó ser una mujer de rara belleza y de una gran agilidad mental; entre los veinticinco y los treinta años; yegua de raza, cuya misma singularidad había desequilibrado su vida; morena, delgada, de excelente salud física y mental y de un valor poco común al haber sabido afrontar una situación de la que, de no haber salido airosa, le hubiera costado haber sido acusada de cómplice en primer grado.

Mujer un tanto fatal, hembra químicamente pura, como marcada desde la niñez por un adverso destino, su lealtad a un hombre, cuya inocencia creyó estaba fuera de toda duda, resulta verdaderamente admirable.

Pinares y eucaliptos rubricando la sierra de Abdalagis para alcanzar el valle; verdes cambiantes, álamos platinos reflejándose en las acequias rumorosas de Alora, allí donde los decimonónicos balnearios, ya cerradas sus puertas, enmohecen el brillo de sus vasos de plata, los grifos de sus isabelinas bañeras y el barniz de sus maceteros de aspidistras. Limpias y cristalinas aguas de Antequera, cuarenta grados centígrados a la sombra; huerta y jardín, los carcomidos muros, los conventos, las piedras venerables. Huele a alfalfa, a boñiga de vaca, a tréboles en flor que no marchitó julio, a fosfato de cal, a ajonjolí. Cierran la perspectiva los granados; paso a nivel de lentos y bulliciosos trenes, enfrente, la planicie aserrada por el dúo de las chicharras en los cañizales. Se tornasolan de oro los picos de la sierra de Yeguad que abren la ruta de Osuna, la bandolera ruta de *Pernales* y de Juan Caballero.

Rectas tiradas a cordel, forzada marcha del motor del coche de Beatriz por abrirse camino sobre el asfalto incandescente.

—¿Acaso te vas a ver obligado a echar a correr como un niño en un momento dado? —pregunta Beatriz al volante—. Te juro que no entiendo absolutamente nada.

—Sé bien lo que digo.

Tras tomar unas cervezas en La Gran Ruta —como afilándose solas las navajas en el anaquel de la antigua venta arriera transformada en hostal—, que parece no haber perdido su tradición de nácares y aceros, y cubrir luego el kilómetro que los separa de Paradas, que cruzan sin detenerse —las ocho de la tarde en el reloj de San Eutropio— y tomar la carretera de Paterna, Tony ordena a Beatriz detenerse frente al abandonado cortijo de «La Zapatera», a trescientos metros del camino de acceso a «Los Galindos».

—Ahí, en ese ribazo es donde quiero que me esperes el martes —le dice.

Calma chicha de julio, no corre todavía, no se ha levantado aún, el aire tibio del atardecer tras la sofocante jornada. No se mueve una hoja en los olivares ni en los tallos de las macetas de albahaca del patio; no chirría el eje de la veleta en la espadaña sobre el nido que las golondrinas han abandonado ya ni las avenas locas en las lindes se columpian un solo milímetro.

Las luces agrias y destempladas del tractor Massey Ferguson, conducido por Manuel Zapata, revoloteadas de insectos y de mimetizados saltamontes, de grillos y de perdidas abejas, iluminan los últimos metros de tierra recién roturada. Tras casi una hora de labor, una banda contrafuego rodea la plantación de *cannabis*, aislada ahora como un iceberg en mitad del mar de girasoles.

En una última y hábil maniobra, el capataz de «Los Galindos» saca el tractor de la besana para aparcarlo a la izquierda del ribazo. Luego, apaga las luces y deja caer los brazos sobre el volante esperando la brisa que, al principio apenas un susurro, llega por fin hasta él. Manuel Zapata Villanueva no imaginaba que algo tan cotidiano pudiera producirle tanta dicha. Saltando del tractor, se encamina bajo la luz lunar, aún en cuarto creciente, hacia el sur, porque de esa dirección viene el viento. Manuel Zapata va prendiendo cuidadosamente las primeras plantas de la orilla del haza sembrada de hachís; pero antes de alcanzar el final del otro extremo de la linde, las llamas lamen ya, entre crujidos metálicos y sordos estallidos, un cuarto largo de la besana e impregnan con su inconfundible olor todo el predio agrícola.

Durante la investigación no se tuvo en ningún momento en cuenta la posibilidad de la destrucción por el fuego del cuerpo del delito —preciosa pieza de convicción— pese a sospecharse la existencia en la hacienda de una plantación de *cannabis*. Pero en el rastreo escrupulosamente realizado a caballo por la Guardia Civil no se buscaban cenizas sino plantas de hachís que, naturalmente, nunca se encontraron porque el fuego las había ya consumido. Sin embargo se sabía, y está testimonialmente comprobado, si hemos de dar crédito a nuestros informadores, que en «Los Galindos» se procedió tardíamente aquel año a la quema de rastrojos —entre el quince y el veinte de julio exactamente—, y el conocimiento de estas circunstancias hubiera debido bastar para que se ordenara también un análisis de las cenizas de los barbechos; análisis que hubiera confirmado posiblemente las sospechas. La investigación oficial habría tomado entonces por otros derroteros y seguido otra pista : ¡la única!

10

Los nimbus de formación vertical cuelgan como turbantes de las crestas azules del Atlas. Bruma y marejadilla en el Estrecho; visibilidad mínima en la pista única que lamen las olas del aeropuerto de Gibraltar donde han sido encendidas las balizas para el aterrizaje del Trident de la B.E.A. procedente de Londres. Viento racheado de poniente. El *ferry Virgen de África* está a punto de arribar en el puerto y ha sido ya anunciada su entrada en el muelle número siete, pero su silueta chata y compacta no se adivina aún siquiera en la bocana. Ecos de sirenas, silbidos de locomotoras maniobrando vagones de mercancías, claxon de automóviles en el parking, donde la brisa mece los sicómoros y las palmeras. Huele a algas y a gasoil, a sal, a huevas de atún y a fantasmales naufragios de una escuadra invisible.

Humedad relativa del aire, noventa y seis por ciento. Una fragata portamisiles británica leva anclas en el muelle del arsenal de la Roca y un bou de la bajura enciende sus motores en la rada del puerto pesquero en el momento en que Tony Mackenzie —tras despedirse de Beatriz, que gira ahora el volante a la izquierda para dar la vuelta a la rotonda de la estación marítima— atraviesa el acerado y se dirige al muelle. El *Virgen de Africa* deja oír por tres veces su sirena para pedir puerto. Ha comenzado la cuenta atrás del día de autos : martes, veintidós de julio de 1975.

Un Mercedes 250 —color gris perla, lo que daría lugar a tantas especulaciones con respecto a su identidad— cruza la rampa de salida del transbordador y queda estacionado a la izquierda en espera de ser autorizado a salir de la explanada de la zona portuaria donde las gaviotas, agrupadas alrededor de un estallado saco de harina de pescado, propician manchas de nieves imposibles a la derecha de un vagón de plataforma estacionado en una vía muerta.

Tony Mackenzie cruza un saludo con su conductor, el hombre de la piel grisácea, que, en mangas de camisa, pantalón de algodón y zapatos de rejillas, abiertas las piernas, como en posición de alerta, perdida la mirada tras sus gafas oscuras en la pasarela donde descienden los viajeros procedentes de Ceuta, fuma impasible su eterno veguero de Vuelta Abajo hasta que un cabo de carabineros le da la señal para que su vehículo, el primero de la fila, pueda continuar su marcha.

Tony Mackenzie, nervioso y agitado, vuelve a salir a la rotonda de la estación marítima y comienza a pasear por el andén exterior en cuyos imprecisos límites aguardan los taxis la llegada de los pasajeros del Estrecho, abigarrada multitud que cruza ya los mostradores de la Aduana.

A pesar de hallarse familiarizado con los bajos fondos londinenses y su tic operativo, que se enmarcan siempre no obstante dentro de una tradición isleña, no por silenciosa menos dada a la humorada, Tony Mackenzie se siente quizá por primera vez en su vida tan perplejo como atemorizado entre dos desconocidos —de menos de un metro setenta por demás—, estudiadamente indolentes, caricaturas casi del hampa latina, que viajan uno a cada lado del asiento trasero del Mercedes que se desliza ya suavemente por la carretera de la costa tras haber permanecido inexplicablemente aparcado por espacio de una hora frente a la Central Telefónica de Algeciras y a lo largo de la cual no se han cruzado arriba de una docena de palabras.

Largo rodeo, ya en ruta, siguiendo el curso de la carretera nacional 340 siempre el mar a la izquierda: Tarifa, Vejer, Chiclana, San Fernando y, por fin, la autopista de peaje hasta su salida a la altura de Utrera, tras trasponer el cerro de los Fantasmas. Y, desde Utrera, bordeándola entre torreones derrumbados, perros famélicos, y olor a orujo, las doce dadas en el reloj de la ermita de la Consolación, los últimos cuarenta y nueve kilómetros que restan hasta Paradas.

Como cada mañana, eco de soleares y fandangos, y los ancianos sentados a la sombra de su melancolía.

233

Juegan las niñas a la comba en las aceras, barren las escobas los soportales y se pregonan sandías y melones en las pinas callejas enlosadas de cantos rodados de la villa. Treinta y cuatro grados a la sombra. La temperatura alcanzará hoy, veintidós de julio, los cuarenta a las tres de la tarde en el termómetro de la farmacia más antigua del pueblo, donde aún se despachan recetas de fórmulas magistrales. Un día, en fin, como otro cualquiera de verano. A lo largo de sus veinticuatro horas, tres nacimientos y una muerte por infarto en la calle Ramón Gómez de la Serna; una sola más que añadir a las otras cinco en las efemérides de esta trágica jornada. Doblan las campanas por el difunto. En la central de Correos se recibieron quinientas treinta y cinco cartas, y once soldados del segundo reemplazo del año llegaron de permiso a la villa. De los dos pianos verticales del pueblo, uno hace ahora escalas y el otro interpreta a Chopin; el único seminarista, a punto de cantar misa, ha decidido colgar los hábitos; en el matadero se han sacrificado dos terneros y once cabritos; un primer adulterio en el altillo de una huerta: se entrega, por fin, una lozana andaluza al zagal de las vacas. A. M. G., que a las diez de la noche llegó en coche a Paradas de vacaciones desde Alemania, encontró el pueblo tan alborotado que, en un principio, creyó que había caído un platillo volante (sic).

Bajo la calina, el caminar cansino, la mirada ausente, roto ya el caleidoscopio de sus sueños que mantuvieran a lo largo de meses un brillo en su mirada, casi tranquilo ya, olvidadas sus angustias y, al mismo tiempo, derrotado, Manuel Zapata Villanueva, tras efectuar un ingreso en la sucursal del Banco Central, correspondiente a una partida de pacas de paja vendidas la víspera a un corredor de granos de Utrera, y tomar luego una copa de cazalla en la penumbra de la esquina del mostrador de una taberna, de la que sale tan subrepticiamente como ha entrado, cruza la calle y entra también en la abacería, situada frente por frente a la entidad bancaria, que abandona al cabo de diez minutos después de haber adquirido en ella unas alpargatas. Más tarde, Manuel Zapata realiza su última gestión en el pueblo: solicitar la guía de un potro colino y de buena alzada de la cuadra de «Los Galindos» en la comandancia de puesto de la Guardia Civil. Minutos antes había recogido una carta certificada en la estafeta de Correos.

Según Beatriz Rojas, aquella mañana del veintidós de julio, y en el transcurso del viaje que realizara desde Torremolinos a Algeciras, donde dejó a Tony en la rotonda de la estación marítima de los *ferries*, quedó descartado, como estaba previsto, su desplazamiento a Paradas para recogerle en la carretera de El Palomar, frente al caserío abandonado del cortijo «La Zapatera». Sin embargo, un presentimiento más fuerte que la racionalización del problema que él estimó a última hora ingenuamente superado, puso en marcha el mecanismo de sus siempre cumplidas corazonadas. Así que, dando la vuelta al arriate sembrado de tullas y geranios de la estación marítima, Beatriz situó su pequeño automóvil en el estacionamiento, de forma que pudiera contemplar fácilmente la salida de Tony, viajero poco más tarde del Mercedes 250 color gris perla, al que siguió por las recoletas callecitas del centro de Algeciras hasta que se detuvo frente a la central de Teléfonos.

Recuerda Beatriz Rojas que su espera duró una hora aproximadamente, aparcada en doble fila en el chaflán contiguo de la calle de la Telefónica, en obras por entonces, llena de desmontes y zanjas, y cuyo nombre bien pudiera ser el de Trafalgar, aunque no lo recuerda con certeza.

Seguir más tarde al Mercedes 250, cuando el automóvil salió por fin de Algeciras, a lo largo de casi doscientos kilómetros y sin que su presencia fuera advertida no le resultaría tarea fácil a Beatriz, hasta el punto de perderlo muy pronto de vista. Pero el caso es que a las tres terminaba de beberse una cerveza en la barra de La Gran Ruta, donde se detuviera, y que un cuarto de hora más tarde se encontraba providencialmente —tras cruzar Paradas— frente al caserío del cortijo «La Zapatera», de donde Tony Mackenzie salió al verla con el brazo izquierdo acribillado de perdigones y el costado chorreando sangre.

Cuenta Beatriz que no le dio siquiera tiempo de parar el motor, que arrancó de nuevo inmediatamente acompañada de Tony, que a los diez o doce kilómetros, pasado El Palomar y a la sombra de una mancha de eucaliptos, improvisó un torniquete con su propio sujetador, y un vendaje de urgencia con un pañuelo de cabeza ayudándose de unos *kleenex* que llevaba en el bolso.

Sin dudarlo, y tras salir a la carretera general Irún-Cádiz a la altura de Carmona, Beatriz Rojas se dirigió luego a Sevilla donde un médico —al que le unía una vieja amistad desde que cursara en el hospital Clínico sus estudios de enfermera— hizo a Tony la primera cura de unas superficiales heridas, que no le afectaban ningún hueso, producidas por arma de fuego, y que tardaron una semana en cicatrizar. Cuatro días más tarde ambos saldrían para Inglaterra, de donde Beatriz regresó al cabo de tres meses negándose a acompañar a Tony Mackenzie al Canadá.

Sólo una vez instalados en Londres consintió Tony en contar a Beatriz —aunque de forma difusa y con grandes lagunas que no se preocupó más tarde de rellenar, ni ella de preguntarle ante el trauma psicológico que afectó profundamente sus nervios— cómo se produjeron los crímenes. Para entonces, los cinco asesinatos del cortijo «Los Galindos», que dos semanas antes habían saltado desde los teletipos a las páginas de todos los periódicos del mundo, habían dejado ya de ser noticia.

Aunque nunca se sabrá quién escribió la carta certificada —y urgente— que le fuera entregada aquella mañana al capataz en la estafeta de Correos, si Tony Mackenzie o la *Organización*, sólo el contenido de esta carta es capaz de aclarar la contradicción que significa el que al llegar a «Los Galindos» de regreso de Paradas, Manuel Zapata se cambiara inexplicablemente de ropa y no precisamente, como se ha supuesto, porque el administrador de la hacienda se encontrara en la finca, ya que para recibirle no se había cambiado de traje antes jamás, ¡sino porque él esperaba otra visita que la carta le anunciaba! No era necesario tampoco que Juana Martín le advirtiera —como asimismo se ha dicho— que el administrador había llegado. ¡Resultaba evidente, encontrándose el coche Mercedes, propiedad del marqués de Grañina, que el administrador acostumbraba a utilizar en sus desplazamientos a «Los Galindos», en el patio!

Escurridizo y misterioso personaje *don* Antonio, el administrador, que se ha negado siempre a hacer la menor declaración y que, con rara habilidad, supiera escamotear sus apellidos a todos los corresponsales de prensa que, durante los sucesos, cubrieran la información, adoptando una actitud irónica y distante, más arrogante incluso que la del mismo marqués de Grañina, siempre más abierto, educado y cordial con los periodistas en la medida de sus limitaciones. No dejan de ser imprecisas incluso las pocas noticias que se tienen de su fantasmal aparición y de su salida del cortijo ¡y un martes, cuando sus días de visita eran viernes o sábado! Llegó —testimonió en el sumario— a las once y media, pidió a Juana Martín Macías que le cortara algunas sandías del huerto y se las pusiera a enfriar y cambió impresiones de rutina con Zapata. Sin que nadie pueda atestiguarlo, el administrador dice haber salido de «Los Galindos» a la una. Sea como fuere, el caso es que, al parecer, fue visto en Utrera media hora más tarde (una y media). ¿Pero fue visto en el pueblo o en «Vercel», otra hacienda propiedad de los marqueses?

Este vacío sobre la personalidad del administrador —la única laguna de nuestra investigación— se debe exclusivamente a la absoluta frialdad del personaje y a su habilidad para escurrir siempre el bulto. De recortado bigote y enormes entradas, cabellos entrecanos, labios sumidos, piel bronceada, como de edad de cincuenta y cinco años, los antecedentes de *don* Antonio se ignoran y su vida se desconoce en absoluto. Ni un solo dato tenemos sobre él, como si se hubiera pretendido desde el primer momento prestidigitarlo del escenario de la tragedia, a pesar de haber sido la última persona que habló —por lo menos— con dos de las cinco víctimas, y que pudo haber intuido que un desacostumbrado y maligno aire flotaba sobre el cortijo. ¿Había sido informado acaso, y por ello llegó a inspeccionar la hacienda un martes y no un viernes o un sábado, como era su costumbre, de que un haza había sido incendiada unos días antes o, por el contrario, realizó casualmente la visita y fue Zapata mismo el que, por miedo de que acabara enterándose, le comunicó la noticia del incendio del haza asegurándole que se había tratado de un accidente, si es que se la comunicó? En cualquier caso, se ignora el tipo de relación que existía entre el administrador y el capataz. En última instancia, el administrador no controlaba más que un sector de la hacienda

—el económico—, y la dirección técnica era llevada personalmente por el propio marqués, con la ayuda de un experto —el *sembrador*, se dice (?)— y planificada ateniéndose al único factor válido en el latifundio: la rentabilidad.

En definitiva, ante la contingencia del vacío en el tiempo que se produce entre la una —si aceptamos a la una la salida del administrador— y las cuatro y media aproximadamente de la tarde, hora en que fue descubierto el fuego en el cobertizo y comenzaron a aparecer cadáveres, el transcurso de la actividad de las víctimas, desde la una hasta que se iniciara la masacre, no puede ni debe ser rellenada caprichosamente por una más o menos imaginativa *realidad* recreada que, por muy aproximativa que fuera, no convencería a nadie.

Beatriz Rojas, tras cruzar las piernas, sonrió eclécticamente, tolerancia que no ocultaba sin embargo la amargura de sus recuerdos, y dos puntitos fosfóricos incendiaron sus pupilas; prendió luego con un encendedor lacado su tercer cigarrillo y apuró de un trago el poso de hielo licuado de su segundo escocés para terminar suspirando.

La terraza del hotel Entremares se encontraba desierta. Nubes altas de primavera sobre el cielo del mar Menor y cirrus y estratos en el horizonte de un Mediterráneo que comenzaba a rizar suavemente la brisa.

—Según Tony —continuó Beatriz— el Mercedes 250

y sus cinco ocupantes llegaron a «Los Galindos» a la una ya pasada, y Manuel Zapata, que les recibió ante el arco de entrada del caserío, les rogó que no entraran con el coche en el patio, lo que, por otra parte, no había intención de hacer. Dieron, por tanto, la vuelta a la altura del cobertizo y lo estacionaron a la sombra de la pared maestra, entre la primera ventana y el farol de hojalata pintado de negro, enfocados los faros, de haber estado encendidos, hacia el camino de entrada y los neumáticos delanteros girados levemente a la izquierda. No bajaron, sin embargo, todos los componentes de la expedición del automóvil; pasando a ocupar la plaza del conductor, y quedando en ella sentado, uno de los dos hombres que viajaban al lado de Tony, mientras los otros tres, precedidos por Zapata y el hombre de la piel grisácea, cruzaban la cancela abierta y llegaban al patio para entrar en la vivienda del capataz. Silbaba una fresadora en la casa de máquinas, por lo que dedujo Tony que José González se encontraba reparando un Land Rover o un tractor, aunque quizá se tratara del chasquido de la polea de la dínamo que hace subir automáticamente el gasoil desde la cisterna al depósito de combustible. Sólo el jefe de la expedición, Tony y Zapata entraron en el pequeño despacho, pasando los otros dos hombres al comedor para quedar sentados, fumando en silencio, mientras Juana Martín trajinaba en la cocina sin atreverse a cruzar la zona en penumbra del pasillo; hasta ella llegaba sólo el aroma de sus cigarros habanos y, a intervalos, la tos grave y bronquial de uno de ellos; tos que Tony había sopor-

241

tado a lo largo del viaje y volvía ahora a oír también de nuevo desde el despacho del capataz donde Zapata había ya explicado, sin rodeos, la suerte que había corrido la plantación.

—¿Entonces, no ha dejado ni una brizna como botón de muestra? —preguntó irónico el hombre de la piel grisácea.

—Ni una brizna —contestó Zapata—; me pareció que era la única solución.

Tony Mackenzie, no menos sorprendido que el hombre de la piel grisácea, pero sabiéndose cogido entre dos fuegos, aceptó la derrota. Comprendía que una actitud agresiva frente a Zapata no tenía ya ningún sentido, en cuanto estaba seguro de que el capataz no había mentido al asegurar que ni una planta de *cannabis* quedaba en la finca y que, exceptuando el hachís exigido por los extorsionadores, ni una sola hoja más había salido de la hacienda. A su primera reacción frente a una situación tan imprevista —aunque no del todo descartada tras la amenaza de Zapata de prender fuego a la besana— sucedía una resignada actitud, por lo que guardó un discreto silencio. Si algo le preocupaba ahora era sólo su vida; un sudor frío irrumpió en los poros de su frente, consciente de haber quedado apresado en una trampa de la que sería casi imposible escapar. Ni siquiera Beatriz, como había acordado en un principio, estaría cerca de «Los Galindos» esperándole.

—Le creo, pero deseo hablar también con todos sus

colaboradores —exigió fríamente, sin emoción, el hombre de la piel grisácea.

—Llamaré a José —contestó Zapata.

—¿Quién más conocía en la hacienda la existencia de la plantación?

—Juana, mi mujer, y Asunción, la esposa de González. Ayudaron a la preparación de la tierra y a la siembra.

—¿Y Parrilla? —preguntó Tony Mackenzie en un absurdo intento de advertir a Zapata que debiera implicar al mayor número posible de personas del cortijo aunque nada supieran ni nada tuvieran que ver con la plantación de *cannabis*.

—Ramón Parrilla fue descartado desde el primer momento, ya se lo dije a usted.

—¿Y no sospecha nada? —preguntó el hombre de la piel grisácea.

—¿Por qué iba a sospechar? Además, ya le he dicho que soy el responsable del incendio y el único que lo provocó. Le juré que no he traficado con una sola hoja y vuelvo a jurárselo. Todos tenemos que resignarnos, hubo mala suerte.

—Necesito conocer, sin embargo, la opinión de los demás; no me basta la suya, Zapata.

—Puede comprobar el barbecho que dejó el incendio.

—Eso no demostraría nada. Lo único que realmente sé es que de aquí ha salido mercancía, lo cual usted tampoco niega, y que esa mercancía ha sido distribuida sin nuestra autorización, burlando las cláusulas del acuerdo.

—Ya le conté cómo sucedió todo. Apenas se llevarón dos mil kilos.

—Llame a José González. ¿Dónde está la tal Asunción?

—En el pueblo.

—Que vayan a buscarla.

—¿A esta hora?

—Sí.

Una amarillenta y empolvada bombilla sin tulipa, colgada del techo, ilumina la escena. Ni en verano ni en invierno se abren ninguna de las dos ventanitas del despacho de Zapata, un cuchitril de cinco metros de largo por dos y medio de ancho, amueblado con una vieja mesa —descascarillado pupitre de tapa horizontal forrada de hule—, un sillón de brazos y dos sillas con asiento de enea, y un armario despintado lleno de *azetas* con las argollas oxidadas; de una de las paredes cuelga la escopeta de caza de Manuel Zapata Villanueva, terrible arma de dieciséis milímetros de calibre y, dispuestos sobre una pila de periódicos atrasados colocados en el suelo, a la derecha del sillón que ocupa el capataz, dos pesados cartabones de acero.

Según Tony —continuó Beatriz— los acontecimientos se desencadenaron luego con tal rapidez que le era imposible rememorar los hechos ajustándose a una cronología exacta. José González fue llamado al despacho; tratándole con una extraña cortesía el hombre de la piel grisácea que le rogó amistosamente que fuera al pueblo a recoger a Asunción, aun comprendiendo la inoportunidad de la hora. Le explicó luego que la presencia de ambos resultaba imprescindible para aclarar algunos puntos, de los que ninguna culpa tenía, por descontado, el matrimonio ni quizá incluso siquiera Zapata sino la mala suerte. Así, pues, que José González, siempre servil y como encantado de prestar un servicio que parecía beneficiar a todos, salió de la hacienda en su utilitario para traer de Paradas a su mujer, sin imaginar que antes de alcanzar el camino de salida de la hacienda, Manuel Zapata se encontraría ya muerto, víctima del golpe seco que con uno de los cartabones de acero le propinara en mitad del cráneo el hombre de la piel grisácea, que, amenazando luego a Tony con la escopeta amartillada que descolgó de la pared, comenzaba a dar instrucciones a los cómplices de la *razzia* que habían salido ya del comedor para cortar la huida de Juana Martín, que, como intuyendo la muerte, había pasado enloquecida ante ellos intentando cruzar inútilmente el patio para refugiarse en la casa de máquinas y que terminaría por ser asesinada en medio de las olambrillas, antes de que su cuerpo fuera depositado en su propia cama, cerrándose tras ella la alcoba con el candado que, dos horas más tarde, haría saltar de un disparo el cabo comandante de puesto de la Guardia Civil de Paradas.

Un cocker spaniel color tierra escapó ladrando para comenzar a corretear entre las mesas de la terraza del hotel Entremares. Se había tornado el viento que corría ahora desde el suroeste lo que obligaba a cambiar también la cabecera de pista de la base militar aérea. Los aviones escuelas, de regreso al aeropuerto, sobrevolaban la Manga para orientarse a diez grados del punto de convergencia entre las dos verticales: los Alcázares y San Pedro de Pinotar. Beatriz Rojas, escalofriada, se puso la chaqueta de ante que llevaba echada sobre los hombros, mientras un Mirage se perdía a cinco mil pies de altitud en el azul acuarela del Mediterráneo.

—Ni siquiera sabe Tony cómo logró escapar. Cuando vio a Juana tendida en el patio, cruzó el arco de entrada del caserío y ganó la tierra de labor donde fuera alcanzado en el brazo izquierdo por la perdigonada. Su huida debió producirse minutos antes de la llegada a la hacienda de José González y Asunción. También Ramón Parrilla debió aparecer entonces; pudo haber llegado casualmente al caserío para llenar, tal vez, el depósito de gasoil del tractor o porque oyera los disparos. Me parece que desde aquel día —terminó Beatriz tras una larga pausa— han pasado siglos. (¿?)

Aquel veintidós de julio salió el sol a las seis cincuenta y siete de la mañana en Paradas; se puso a las nueve cuarenta y tres de la noche. Y la luna salió a las ocho cincuenta y ocho para desaparecer a las siete y veinte del día siguiente.

El jubileo de la coronación
de Isabel II

El incierto y triste crujir de la seda de cada cortinaje de
[púrpura
me estremecía, me llenaba de fantásticos temores nunca
[sentidos.
Será sólo un visitante —me dije— que quiere entrar y
[llama a la puerta de mi habitación.

EDGAR A. POE.
El cuervo

11

Había clavado ya el señalero del batallón de húsares del regimiento de la reina su banderín sobre la gravilla del acerado de Constitution Hill, a izquierda de la fachada norte de palacio, siguiendo las instrucciones del sargento uniformado de la policía metropolitana —responsable también del tráfico del Ejército— y comenzaban a sonar las cornetas, los clarines, los tambores y los timbales de los dragones —jinetes en sus negros corceles, al hombro sus sables sobre sus armaduras ceñidas a las rojas guerreras— aparecidos de improviso en el chaflán de la cara sur de Buckingham Palace tras haber salido de su acuartelamiento de The Royal Mews para situarse en la esquina de St. James Park.

Flameaba la Cruz de San Jorge en las tribunas, de plata y azul condecoradas, del Queen Victoria Memorial, mientras comenzaban a agruparse, por fin, todos los batallones de la guardia: los artilleros con sus relampagueantes y pequeños cañones con las cureñas forradas con cordones de algodón blanco; los infantes con sus gorros de piel y sus rojas casacas; los coraceros sobre sus negros caballos, con sus altas botas de charol y sus cascos empenachados y los gaiteros escoceses con sus guerreras, sus polainas y sus faldas. Conscientes todos —hombres, fusiles, animales, sables, monturas, cañones, bayonetas...— de ser parte integrante e indisoluble de una gran caja de soldaditos de plomó de la que hubieran sido milagrosamente liberados, y como tales comportarse, maniobrando ya con lentos, torpes y pesados movimientos para iniciar el cortejo, escoltando a la reina y coronel de su regimiento en su carroza dorada desde Buckingham Palace a la catedral de San Pablo, donde Isabel II presidirá el servicio de acción de gracias para conmemorar los veinticinco años de su coronación.

Cinco millones de visitantes abarrotan las calles de la ciudad, y un mínimo de tres millones —entre londinenses, súbditos británicos llegados de todos los rincones de las islas y de los dominios de ultramar y turistas extranjeros—, intentan contemplar —y en muchos casos fotografiar— el paso de la soberana. Una aguja en un pajar encontrar a alguien entre esta heterogénea multitud. Y, sin embargo, en The Mall, la larga avenida que corre a lo largo de St. James Park desde el monumento a la emperatriz Victoria a Trafalgar Square, donde ambos se hallaban el siete de junio de 1977, Georgina Leighton y Tony Mackenzie se encontraron.

Procedente del Canadá, Tony había aterrizado en el aeropuerto de Norwich una semana atrás y se hospedaba en el hotel Kenilworth, en Great Russell Street. Georgina regresó a Londres, a su hogar de Montagu Place, procedente de Loch Ness (Escocia), donde había permanecido tres semanas largas, sólo dos días antes, después de haber estado casi un mes ausente de la ciudad.

La última vez que Georgina y Tony se encontraron —si hemos de dar crédito al inspector J. M. T.— fue también en Londres, en junio de 1975 y no casualmente, en cuanto durante los días que permaneció Tony en la capital llamó a Georgina por teléfono y se citaron una tarde en el Ribbesdale Room del hotel Cavendish para terminar pasando juntos la noche.

En el transcurso de estos dos años, a los tres meses efectivamente de la masacre de «Los Galindos», y tras la negativa de Beatriz Rojas de seguirle, Tony viajó solo al Canadá y terminó aceptando, por fin, el puesto de gerente en el motel, que tan insistentemente le ofreciera su hermana Mary. Ni en su primera estancia ni en la segunda —donde se repuso de sus leves heridas— la Policía Metropolitana le había molestado al carecer de pruebas contra él, pese a sospechar su participación en el robo del hotel Richwood. Y es sólo ahora, paradójicamente, en su tercera visita —tras haber revisado los archivos de delincuentes especializados en robos de hoteles que pudieran volver a actuar a propósito de las bodas de plata de la reina con la corona, días en los que miles de carteristas, incluyendo los de la Commonwealth, se han desplazado a Londres para intentar pescar en el río revuelto del gran turismo internacional—

cuando su ficha ha sido desempolvada —como tantas otras— y puesto él mismo bajo discreta vigilancia para prevenir sus tentaciones en el propicio caldo de cultivo en que se ha convertido la metrópoli.

Pero el viaje de Tony Mackenzie a Londres no obedece, sin embargo, a otra intención que la de encontrarse inmerso durante un par de semanas en la atmósfera de su ciudad natal. Ha llegado sencilla y únicamente para asistir al Jubileo, para recorrer a pie las calles engalanadas de los barrios de su niñez, para contemplar y ver discurrir por las avenidas, por los puentes, los rojos autobuses que, para sumarse al homenaje a la reina, han sido repintados de color plata —al igual que lo han sido también innumerables charolados negros taxis—; para hospedarse en un céntrico y costoso hotel de cuatro estrellas; para apostar en las carreras de caballos que culminan la temporada; para presenciar —con independencia de la cabalgata del Jubileo— el *Trooping the colour* frente al edificio del Horse Guard Parade a propósito del cumpleaños personal de Isabel II; para gastarse alegremente, en fin, los ahorros de dos años de duro y bien remunerado trabajo en el motel de Richmond, la pequeña ciudad próxima a Montreal —sin aparecer siquiera no obstante por el Soho, ni frecuentar sus antiguos medios— y para regresar al Canadá, tras quince días de vacaciones en Gran Bretaña, llevándose prendido en sus trajes el perfume de heno de la primavera inglesa, la imagen, siempre añorada, de las aguas de la Serpentine revoloteada de patos salvajes y el chasquido de seda rasgada del flamear de las banderas.

El regreso desde Loch Ness de Georgina, si no obedece exactamente a esas mismas razones, sí tiene un denominador común con el de Tony: ver también a la reina, aunque desde otra perspectiva en cuanto ha sido invitada a una de las recepciones que se celebrarán estos días en palacio; lo que no es obstáculo para desear contemplarla también en el desfile.

Llovía sobre Loch Ness cuando Georgina abandonó su pintoresca casita de campo heredada de su abuela tres años atrás; una cortina de mansa agua verdiazul —como los ojos del monstruo del lago— caía sobre todo el norte, desde Carlisle hasta las islas Hébridas y Orcadas. Ni a Lowland ni a Highland, las dos regiones naturales de Escocia, había llegado aún el anticipo del verano, aunque en Londres el tiempo fuera espléndido y ni una sola nube ensombreciera el curso del Támesis. Georgina se había recluido sola en su refugio para, por fin, después de casi tres años de apatía artística e intelectual terminar su último estudio sobre El Greco. El libro se encuentra ya listo para ser publicado por la editorial W. H. Allen, naturalmente por su cuenta; le costará en esta ocasión tres mil libras, que deducirá no obstante y puntualmente de sus impuestos en cuanto su edición significará —sólo, por supuesto, frente al fisco— una notable aportación a la lamentable cultura pictórica inglesa. Tres semanas de permanencia; interrumpida en ocasiones, sin embargo, para realizar consultas en la biblioteca municipal de Edimburgo, y en la universidad y en la pinacoteca de Glasgow.

El tiempo era aún también borrascoso en Canadá cuando Tony Mackenzie embarcó en Montreal a bordo de un Jumbo de la Trans Canada Airline. Nada extraordinario, por otro lado, en cuanto ha vivido dos largos inviernos casi polares que pasarán a la historia climatológica como los más desapacibles de los últimos tres lustros y, pese a los cuales, ha terminado por integrarse en el país. Su vida ha quedado profundamente transformada, lo que quizá no se deba sólo al hecho de haber terminado por aceptar un trabajo estable y con el suficiente margen de libertad para hacerlo compatible con su carácter sino al cambio que en él ya anteriormente se operara desde la *razzia* de sangre y fuego de «Los Galindos», de la que, durante meses, se creyó moralmente culpable. Negro paréntesis en su existencia el de los cinco asesinatos que ni recordar siquiera quiere, por lo que su casual encuentro con Georgina y con lo que su imagen física representa en un ayer aún tan cercano, de inevitable exhumación de su pasado, lo hizo estremecerse cuando ella —idéntica a la de entonces, con su misma mirada selenita— lo reconociera mientras esperaban ambos, unidos sólo por el azar, entre millones de espectadores de la regia comitiva, cuya salida de palacio y su paso por The Mall anunciaban ya los primeros acordes de las gaitas.

La gran caja de soldaditos de plomo del regimiento de la Guardia, presidido por el estandarte púrpura de la reina bordado en hilos de oro con la corona imperial, se derrama como en cascada de mansas e irisadas aguas desde la rotonda del Queen Victoria Memorial, para ganar pasito a paso, lenta, casi torpemente, movido por su mecanismo de relojería, la floresta de St. James Park.

Infantes, dragones, artilleros, los paladines y los cortesanos del Imperio: pífanos, timbales, pieles de tigres de Bengala, los plateados cornos, las fulgurantes hojas de los sables, el brillo de las bayonetas, el relumbrar de las espuelas. En su dorada carroza descubierta, Isabel II, vestida de lamé, responde, saludando con sus enguantadas manos, al fervor de sus súbditos.

Cuando el cortejo se pierde, por fin, como un susurro de aliento de cansados lebreles de Admiraty Arch, Tony y Georgina se dejan llevar arrastrados por la multitud que comienza a cruzar en silencio la senda enarenada en mitad del césped de St. James Park para ganar Birdcage Wlt. y dispersarse al llegar a la altura del cuartel de Wellington.

Al parecer —siempre según el inspector J. M. T.— Georgina y Tony almorzaron ese día en el North Court Restaurant, de Great Peter Street, ubicado en la misma área urbana de Westminster donde se encontraran y, sin separarse, cenarían sobre las siete en el, para Georgina habitual, Flanagan's, de Baker Street, para terminar escuchando jazz en el 100 Club antes de dirigirse a casa de ella para pasar juntos la noche.

Con ambos cráneos destrozados, los cadáveres desnudos de Georgina Leighton y Tony Mackenzie —asesinados mientras dormían— fueron descubiertos dos días más tarde, el jueves, nueve de junio, por Elizabeth Cowley, la asistenta que, tres veces por semana, se encargaba de la limpieza de Montagu Place, donde Georgina, en tantas ocasiones ausente de Londres, vivía sola, rodeada ahora de encajes, porcelanas, lienzos, libros y gobelinos.

Los hombres de Scotland Yard no encontraron en toda la casa ni una pista desde donde partir para iniciar la investigación, exceptuando, quizá, una ramita de *cannabis* dispuesta artísticamente dentro de un tibor chino que decoraba una rinconera de la alcoba.

Paradas-Londres-Madrid, otoño de 1976, primavera de 1978.

Índice

NOVELAS GALARDONADAS CON EL
PREMIO EDITORIAL PLANETA